PROPUESTA INDECENTE

UN ROMANCE MULTIMILLONARIO

STEPHANIE BROTHER

ISBN: 9798591964665

CONTENTS

1

RYAN

El *Kitty Cat Club*.

Cartel de neón rosa. Puertas negras esmaltadas. Todo es vulgar y desagradable, pero estoy considerando entrar de todos modos.

No debería estar en esta parte de la ciudad, especialmente sin mi equipo de seguridad, pero necesito alejarme de todo. Se me hace tan necesario el hecho de sentarme al volante de un coche caro, pero no demasiado llamativo, y conducir sin más. La mayoría de los días me gusta contar con un chófer, pero hoy necesito tener yo el pie sobre el acelerador y sentir el viento en la cara.

Decido ir allá donde me lleve el viento, visitar partes de la ciudad que nunca había visitado. Me como una hamburguesa en un pequeño y deteriorado restaurante familiar, y resulta ser la mejor hamburguesa que he probado en mucho tiempo. Me bebo una cerveza en un pub irlandés y está deliciosa. Parece que mi noche podría acabar bien con algunas strippers de clase baja.

Dicho así hace que parezca un capullo que las juzga, pero no lo soy. Yo mismo provengo de un lugar como este. Conozco a esta gente y, en su mayoría, son buenas personas, simplemente las circunstancias que viven son una mierda. Algunas personas logran salir de allí y otras caen todavía más bajo, es sobre todo el destino el que decide quién va a dónde. Lo que quiero decir es que no suelo ir a lugares como este. Cinco años antes lo que habría hecho habría sido hacer una reserva para que la chica viniese a mi casa, y habría sido una bailarina de un servicio exclusivo.

Pero esta noche me parece una buena idea ir.

El portero me observa con atención. No llevo ropa llamativa ni accesorios, pero creo que nota que no soy la clase de cliente que suelen recibir. Me deja entrar sin quitarme los ojos de encima, como si quisiera hacerme saber que me dará una paliza si me paso de la raya. No tengo la más mínima intención de dar problemas; lo último que necesito es llamar la atención mientras esté aquí. Hacerlo podría acarrearme repercusiones muy serias. En el mundo de los negocios, la reputación lo es todo.

Me dirijo a la barra y pido una cerveza. El camarero parece aburrido y por un segundo me pregunto cómo debe ser trabajar en un lugar así. Está de cara al escenario, por lo que debe ver tetas y culos durante todo el turno. Quizás se haya insensibilizado, porque ni siquiera mira de reojo a pesar de que en el escenario principal hay tres chicas girando en las barras cubiertas únicamente por unas bragas diminutas.

Tomo un sorbo de cerveza y pongo rumbo hacia una de las mesas altas, sentándome en el taburete y respirando profundamente. Mi miembro se estremece dentro de mis pantalones cuando la chica del medio se inclina y se pasa las manos entre las piernas. Tiene unas piernas de infarto y unas nalgas redondas como un melocotón, pero las tetas falsas hacen desaparecer mi interés. Me gustan las mujeres naturales. El que tengan pechos grandes o pequeños no importa siempre y cuando sea todo de nacimiento. La cerveza tiene un ligero regusto, como si el vaso todavía tuviese restos del friegaplatos, pero me la bebo de todos modos.

Y entonces la veo.

Está caminando junto a la barra con un aspecto que podría pararme el corazón, pero no parece que quiera estar en el club. No es que se la vea aburrida; más bien es como si su mente estuviera centrada en algo más interesante que aquel sombrío club de striptease. Siempre me ha atraído la lencería roja, especialmente si la mujer es rubia. Hay algo en esa combinación que parece peligroso, y me gustan las mujeres con bordes afilados; hacen que el viaje, sea cual sea, resulte más interesante. Esta mujer en concreto balancea las caderas con suavidad en un movimiento nada exagerado, y los zapatos de aguja que lleva hacen que se le tensen los gemelos. Y joder, eso logra ponérmela dura. Mucho más dura que la evidente demostración sexual que están llevando a cabo las mujeres sobre el escenario. Ella es especial.

Se sienta en la barra y se pone a hablar con el camarero, tras lo cual este le sirve lo que parece un zumo de naranja. Quizás sea un cóctel, o quizás no le guste beber mientras trabaja. Sea lo que sea, no me importa; simplemente me gustaría lamer ese sabor cítrico de sus labios, o tal vez dejar que algo de su dulzura gotee en sus pezones.

Dios.

Ha pasado mucho tiempo desde la última vez que sentí una atracción así. Corina estaba de infarto, pero no era algo que se reflejase en la cama. Me había dicho a mí mismo que uno no se folla a la mujer con la que vas a casarte; se le hace el amor. Se la trata como una princesa y se espera que toda esa devoción lleve a una buena unión. El sexo con ella había sido bueno, pero no fantástico, y aun así me habría conformado con él durante el resto de mi vida. Habría contenido mis instintos más básicos con tal de mantenerla a mi lado, pero al parecer el destino había tenido otros planes.

Así que aquí estoy, con pensamientos oscuros y sucios que involucran a una desconocida. Puedo estimar su talla de sujetador, pero no sé su nombre. Veo que en el pasado tenía un piercing en el ombligo, pero no sé su edad. A nivel físico se ha revelado ante mí, pero continúa siendo un completo misterio.

Me gusta el misterio tanto como a cualquiera. El misterio es sexy. El misterio hace que tu mente se convierta en un torbellino y que te vibre el cuerpo, pero solo puede alimentarte hasta cierto punto.

Ya ha pasado suficiente tiempo.

Eso es lo que me digo, pero no sé si mi mente está realmente de acuerdo.

Quizás de eso trataba este viaje; de encontrar un modo de seguir adelante. Encontrar un modo de volver a encontrarme a mí mismo a pesar del dolor que se aferra a mi corazón.

Amaba a Corina, pero ya no está.

La mujer de la barra es una desconocida.

Me aseguraré de que deje de serlo.

2

JESSIE, TAMBIÉN CONOCIDA COMO CINDY

—Cindy, tienes un baile privado en la sala seis —me grita Adrian desde el otro lado de la barra.

He acabado mis bailes en el escenario por esta noche, pero todavía me quedan un par de horas trabajando. No parece que vaya a poder llevar a cabo mi plan de tomarme un descanso.

—Vale —contesto sin sonar entusiasmada en lo más mínimo. Me bajo del taburete con los pies ya doloridos por los estúpidos zapatos de aguja rojos. El local no está muy lleno para ser viernes noche, pero no parece que eso vaya a otorgarme una jornada tranquila.

Cruzo la zona de la barra, sintiendo cómo me siguen unas miradas ansiosas. A pesar de los meses que hace que trabajo aquí, todavía no he conseguido ignorar el modo en el que me ponen el vello de punta. Hay unos escalones junto a la pista de baile que llevan a la parte trasera, donde están los vestuarios y las salas privadas, todo oculto tras una enorme pared de espejo. Me ajusto la copa del sujetador mientras giro la esquina y bajo la vista para asegurarme de que las bragas y las medias están en su sitio. Detesto el color rojo, pero es un firme favorito entre la clientela y, cuando me lo pongo, mis propinas mejoran. Y estoy aquí por el dinero, así que ha vestirse de rojo.

Me detengo frente a la sala tal y como hago siempre, preguntándome quién estará dentro y esperando que todo vaya bien. Las normas en cuanto a lo que ocurre en las salas privadas son muy estrictas, pero eso no significa que todos los idiotas borrachos las sigan.

El pomo cruje cuando abro la puerta. La sala está más oscura que el pasillo, y en el sofá hay un hombre de cabello oscuro que espera el baile por el que ha pagado.

—Hola, soy Cindy y seré tu bailarina esta noche. —Me acerco mientras me paso las manos por el pelo y me lo sacudo con aire seductor. El hombre alza la vista y me mira a los ojos, pero su expresión no rebosa lujuria y no me mira de arriba abajo como suelen hacer los clientes, devorándome con los ojos y con las manos temblándoles por el deseo de tocarme. No; más bien parece serio y algo incómodo. Ocurre a veces. Quizás tenga una esposa e hijos esperándole en casa y se sienta culpable por gastar dinero en algo tan egoísta y desleal. Le miro rápidamente la mano izquierda, pero no lleva anillo.

Me acercó a la cadena de música mientras balanceo las caderas y le doy al botón de reproducción. Los jefes han limitado la selección de música disponible y todas las canciones son cutres y tienen ritmos pensados para frotarse contra otra persona, algo que siempre me hace torcer el gesto cuando las oigo en el mundo real. Bajo el volumen y me doy la vuelta, metiéndome en ese espacio en mi cabeza que uso para bloquear aquello que me rodea: la playa desierta al atardecer, la arena entre los dedos de mi pies, un lugar en el que puedo bailar sin que nadie me mire.

Hay una barra delante de mí y me sujetó a ella, pasando la pierna a su alrededor y empezando a girar mientras muevo el cuerpo para adoptar las posiciones para las que he entrenado, aquellas que se supone que son más incitantes. Intento no mirar directamente al hombre; el contacto visual es algo muy íntimo, y esto no debe ser más que negocios. El sonido del océano se vuelve más fuerte en mi mente cuando me apoyo contra la barra, arqueando la espalda, con las manos por encima de la cabeza y descendiendo con las piernas abiertas para darle la imagen por la que ha pagado.

El silencio del hombre resulta desconcertante. No es algo que no haya visto nunca, pero me hace mirarle de reojo cuando acabo el baile en la barra y me acerco a él para la parte más cercana y personal. Mi cliente es atractivo, pero no con la perfección típica de los modelos. Hay algo en él, cierta intensidad, que hace que tema mirarlo directamente a los ojos. Sus manos, que tiene sobre las rodillas, parecen grandes, fuertes y capaces. Tiene al menos un día de barba en el rostro y sus labios, que están apretados en una línea adusta, se ven gruesos y rosados. En otro momento y lugar quizás me hubiese hecho sentir mariposas en el estómago, pero nunca encuentro a mis clientes atractivos. Saber que necesitan frecuentar un lugar como el *Kitty Cat Club* hace que le dé la espalda incluso a los hombres más espectaculares.

Pero son sus ojos los que hacen que mi mente vuelva a centrarse en la sala con un sobresalto. La luz tenue hace que parezcan vidriosos y tristes. Le doy la espalda en un intento de volver a la playa, pasando las manos por mi larga melena rubia y alzando los brazos para que los mechones caigan en cascada. Mi culo queda a la altura de su rostro, y el tanga que llevo no deja casi nada a la imaginación. Tiene la tela imprescindible para seguir siendo legal. Separo las piernas, que parecen todavía más largas gracias a los tacones de diez centímetros, y me inclino hacia delante para darle buenas vistas.

Admito que resulta difícil hacer un striptease sin excitarse al menos un poco. La lencería de encaje deja pasar mucho aire y, si a eso se le añaden los movimientos de caderas, el acariciarte el cuerpo y saber que lo que estás haciendo seguramente le esté provocando una erección a tu cliente, acaba siendo una combinación embriagante. Seguramente esa sea la razón por la que muchas chicas acaban ofreciendo servicios extra. Eso y el dinero.

Pero yo no me encuentro entre ellas. No importa lo mojada que acabe, mi cuerpo me pertenece solo a mí. Que me miren es una cosa; que me toquen, otra muy distinta.

La siguiente parte del baile es en la que me quito poco a poco el sujetador, primero haciendo que los tirantes me resbalen por los hombros con un pequeño contoneo y después tirando de la prenda hasta que al menos uno de mis pezones asome por encima de la copa, todo ello para acabar colocando las manos a mi espalda y desabrochando el sujetador, dejando que caiga al suelo antes de apretarme los pechos e inclinarme un poco más hacia el cliente.

Empiezo el proceso, clavando la vista en el punto de la pared que he elegido. En esta sala se trata de una mancha amarilla imposible de identificar que hay justo encima del sofá. Paso un dedo bajo el tirante del sujetador, lista para bajarlo, pero el cliente me distrae con un sonido de dolor y bajo la vista.

—Para —dice con voz ronca, como si estuviese hablando con un nudo en la garganta—. No te lo quites.

—¿Va todo bien? —Me enderezo el sujetador, adoptando una postura menos seductora.

Parece que no sabe qué decir.

—Es solo que... no puedo —tartamudea, pasándose el

dorso de la mano por los ojos y los dedos por el cabello denso y oscuro con gesto brusco.

—¿No te ha gustado? —pregunto con cautela. No quiero que los jefes me griten por haber recibido una queja.

—No es eso. Es que… Creía que podría hacerlo, pero…

—Vale —digo, retrocediendo un paso—. ¿Quieres que me vaya?

El cliente vuelve a reclinarse en el sofá, frotándose la cara con ambas manos con aire casi angustiado. En el mundo real, fuera de este local, me sentaría junto a él y quizás le pondría la mano en el antebrazo mientras le pregunto si quiere hablar del tema, pero ahora mismo nos encontramos en un mundo de fantasía en el que estoy casi desnuda. Tengo la sensación de que intentar acercarme a él solo le haría sentir todavía más incómodo. Me aparto un poco más.

—No —espeta, percatándose de que estoy retrocediendo y de que no ha contestado a mi pregunta. Me mira a los ojos; el gris de sus pupilas destella como si fuese plata líquida—. Sí —dice de mala gana—. Quizás sea lo mejor.

Estoy a punto de cerrar la puerta detrás de mí al salir cuando oigo un suave «lo siento».

3

JESSIE, TAMBIÉN CONOCIDA COMO CINDY

Mi turno acaba a las tres de la mañana, y estoy agotada. Trabajo cuatro noches a la semana, lo suficiente para sobrevivir y pagar poco a poco las deudas, lo justo para quitarme a los acreedores de encima. El resto del tiempo lo paso navegando por Internet en busca de un trabajo decente, pero todos a los que me presento parecen atraer al menos a un millar de interesados y requieren varias cosas en las cuales no tengo experiencia. Y ninguno paga tan bien como el *Kitty Cat Club*.

Me despido de Adrian con la mano mientras pongo rumbo a la puerta de empleados, mentalizándome para el frío nocturno que está a punto de azotarme. Voy vestida de manera pragmática, pero dentro del club siempre hace calor. Vuelvo a pensar en mi playa, en la calidez del sol que brilla eternamente en ella. En mi habitación tengo colgado un cuadro que encontré en una tienda de segunda mano: en él aparece una mujer de espaldas, mirando el océano y con los brazos extendidos por encima de la cabeza mientras sostiene un pareo que se agita con el viento. La mujer se parece a mí, y por eso es por lo que no dejo de imaginarme en esa ubicación, como si fuese un recuerdo prestado.

La calle no está desierta; hay clientes de otros clubs que se encuentran algo más arriba hablando entre ellos o esperando a un taxi. Me coloco mejor el bolso al hombro y echo a andar en dirección a casa. En la parada del autobús hay un cartel que empieza a despegarse en el que se anuncia un espectáculo de circo que se celebró hace varios meses en el teatro de la zona. Me habría gustado ir. Los periódicos habían alabado mucho la actuación aérea con el listón de seda, pero era la clase de sitio al que uno va durante una cita, y yo no había tenido ninguna cita desdc…

Mis pensamientos se ven interrumpidos por una voz diciendo: «perdona». En un primer momento creo que es alguien pidiendo direcciones, o puede que la hora, pero entonces la voz dice: «Cindy», y me percato de que es el hombre para el que he bailado.

Se me encoge el corazón.

No me gusta hablar con clientes fuera del club. Me resulta incómodo que me vean con mi propia ropa, como si me hubiese quitado la armadura aun a pesar de que muestro mucha menos piel de la que enseño cuando estoy trabajando.

Me detengo pero no me acerco. El hombre ha abierto por completo la puerta del coche y está de pie en la calzada, con el vehículo interponiéndose entre ambos. Espero que a siga hablando antes de decidir qué hacer. Si se va a comportar como un acosador, me marcharé pitando.

—Solo quería… Me siento mal por lo que ha pasado.

Quería explicarme.

—No pasa nada. No te preocupes —le digo, girándome a medias para seguir andando. Si quiere una conversación prolongada, ha escogido a la persona equivocada.

—Estuve casado —espeta de repente. Me vuelvo a girar hacia él—. Mi esposa murió.

—Lo siento —contesto, con incomodidad pero también sintiendo tanta empatía que no sé qué hacer con ella. Sé lo que esconde este hombre bajo la piel, esa tristeza desesperada de la que resulta imposible escapar. La sensación de que cada día será tan oscuro como el actual.

—No pasa nada —contesta, sacudiendo la cabeza. Ha apoyado la mano sobre la puerta del coche, casi como si necesitase un punto de apoyo antes de continuar—. Tengo la sensación de que ha pasado mucho tiempo… desde que fui capaz de mirar a una mujer y sentir… —La voz le falla; está claro que le cuesta seguir.

—¿Deseo?

—Sí, deseo.

—¿Y hoy no has podido?

—No, sí que lo he sentido… pero parecía…

—¿Qué estuviese mal? —termino por él.

—Parecía desleal.

—No será así eternamente —digo.

El hombre vuelve a sacudir la cabeza; su expresión contiene tanto dolor que me deja sin aliento.

Existen momentos en los que sabes que tienes algo importante que decir, algo que ayudará a otra persona, pero eso no hace que te resulte más fácil decirlo. Es como si el destino hubiese llevado a este hombre hasta mí y ahora tengo la oportunidad de devolver la compasión que recibí hace tres años, y puede que incluso la oportunidad de compartir el consejo que me ha ayudado a seguir adelante.

—Yo perdí a mi esposo —digo, mirando a algún lugar por encima de su hombro—. Lo atropellaron y el conductor se dio a la fuga. Cuando pasó, creí que jamás lograría salir del agujero que había cavado mi pena. Me perdí completamente en ella. Me sentía culpable por estar viva cuando él había muerto, culpable por pensar en cualquier cosa que no fuese él, culpable por querer sentirme mejor y por querer olvidar y así poder volver a respirar sin sentir aquel peso tan horrible en el pecho y el terrible vacío que reinaba donde antes había estado mi corazón. —Dejo de hablar al notar que sus ojos, de un gris oscuro y rodeados por unas gruesas pestañas negras, están fijos en mí—. Sigo echándolo de menos todos los días, pero no duele tanto como solía. Ahora puedo atisbar un futuro. Soy capaz de pasar toda una semana sin llorar y puedo albergar la esperanza de que las cosas volverán a ir bien… y tú también estarás bien.

—Lo siento —dice, pasándose las manos por el pelo tal y como ha hecho antes en la sala privada. Es una costumbre nerviosa e inquieta que me resulta entrañable.

—No tienes nada por lo que disculparte. Lo que la vida nos da, la vida nos lo quita. No seríamos capaces de apreciar todo lo bueno que tenemos sin lo malo.

El hombre hace una pausa, retrocediendo un paso y metiéndose las manos en los bolsillos de los vaqueros.

—Debería irme —le digo por encima del hombro, deseando poder permitirme llamar a un taxi.

—Es tarde, ¿te llevo? —Mi cara cuando me giro debe de mostrar mi desconfianza, porque alza las manos—. Sé que se recomienda que no te subas en el coche de un desconocido, pero… quizás podrías enviarle a alguien el número de mi matrícula o algo así. También puedo enseñarte mi carnet de conducir y podrías enviarle una foto a alguien. Es tarde, y a saber con quién podrías encontrarte. Me sentiría mejor si pudiese llevarte a algún sitio… donde quieras.

Seguramente el aceptar su oferta sea una estupidez por mi parte, pero me queda una larga caminata hasta llegar a casa. Saco el teléfono y le hago una foto al coche, asegurándome de que él también sale, y se la envío a mi hermana junto a un mensaje: «Mañana te cuento de qué va esto». Después me acercó a la puerta del copiloto del caro coche negro que conduce y la abro. El hombre también entra en el coche y cerramos las puertas al mismo tiempo, encontrándonos de repente sentados muy cerca en un espacio cerrado. Dentro huele a colonia cara y coche nuevo.

—Todavía no te he dicho mi nombre. —Coloca las manos sobre el volante, deslizándolas desde la parte superior hasta los laterales—. Me llamo Ryan. Ryan Gosling. —Dibuja una pequeña sonrisa, la primera que le veo. Le sienta bien, especialmente con el modo en que los ojos se le arrugan en las comisuras. Le echo unos treinta y cinco años, bastantes más que yo—. Lo sé… El tener el mismo nombre que una persona que de repente se hace famosa no es precisamente idóneo.

Sonrío, pensando que podría haber sido peor.

—Vivo al otro lado de la ciudad, cerca del estadio. ¿Te va bien? Supongo que debería habértelo preguntado antes de entrar en el coche.

—No pasa nada; prácticamente me pilla de camino a casa. —Ryan enciende el motor y sale del aparcamiento acompañado del ronroneo suave del coche, tras lo cual toquetea el estéreo hasta encontrar una estación de radio en la que suena jazz tranquilo—. ¿Cuál es tu dirección? La pondré en el sistema de navegación.

Una vez que introduce mi dirección en el ordenador me reclino en el asiento y cierro los ojos, notando cómo el agotamiento por fin se adueña de mí. Debo de quedarme dormida, algo estúpido por mi parte, porque cuando me despierto veo que ya estamos entrando en mi calle.

—Es justo aquí —digo, indicándole un hueco en el que puede detener el coche. No está justo delante de mi puerta, pero sí lo bastante cerca. Ryan se gira hacia mí tras apagar el motor; tiene pinta de querer decir algo pero de no saber cómo. Espero, comprendiendo gracias a la experiencia que a veces la gente simplemente necesita algo de tiempo para verbalizar lo que quiere decir.

—No tienes que responder si te resulta demasiado personal… Es solo que… Quería saber cómo fue… la primera vez que estuviste con otra persona distinta.

Me miro las rodillas y jugueteó con la correa del bolso. Sinceramente, es un tema sobre el que tengo una opinión muy firme, pero mentiría si dijera que no me siento tentada de decirle exactamente lo que quiere oír. Decirle que fue bien, que se sintió bien. Decirle que volvería a ser el hombre que había sido en el pasado, aquel que podía relajarse y perderse en el placer sin recordar lo que tuvo en una ocasión, pero eso no sería ni lo justo ni lo correcto, así que le digo la verdad.

—Han pasado tres años y todavía no he sido capaz de hacerlo. Para mí es un paso enorme, como si darlo implicase darle la espalda a esa parte de mi vida. No es que no quiera, sencillamente… nadie me ha comprendido lo suficiente como para hacerme sentir que podía hacerlo.

Ryan guarda silencio mientras mira por la ventana.

—Cindy —susurra.

El que no sepa mi nombre real cuando sabe tanto sobre mi dolor me chirría.

—Cindy es el nombre que uso en el trabajo —le digo—. Me llamo Jessie.

—Jessie —repite, probando cómo suena.

El aire del coche parece electrizarse con algo, algo que me asusta. Es mi propio y estúpido deseo de volver a tener contacto físico con un hombre, y quizás su deseo de volver a salir al mercado… de estrenarse como viudo, por así decirlo.

Pongo la mano en la puerta. No es la noche adecuada; lo que voy a hacer es meterme en mi destartalada habitación y echarme a dormir antes de tomar una decisión precipitada de la que me arrepentiré enseguida.

—Me voy —le digo—. Gracias por traerme.

Estoy inclinando el cuerpo hacia delante para salir del coche cuando Ryan me pone la mano en el brazo. Lo hace con suavidad, pero siento lo grande y fuerte que podría ser su agarre si así lo deseara y un escalofrío de miedo me recorre la espalda.

Espero a que diga algo, girándome para mirar aquellos ojos oscuros tan afligidos.

—¿Mañana trabajas? —pregunta.

Asiento con la cabeza. Así que eso es lo que quiere; otra oportunidad de ver mi anatomía.

—Entonces te veré mañana. —Y me suelta.

Salgo rápidamente del coche y marcho a paso rápido hacia casa. Necesito entrar y así poder calmar los latidos desbocados de mi corazón.

Ryan Gosling. El actor siempre ha conseguido que me estremezca.

No he sentido nada por ningún hombre desde la muerte de Jackson, y eso que he visto a hombres de sobras. No tengo ni idea de lo que siento por Ryan, pero algo me dice que quizás el día siguiente me aporte algo más de claridad.

4

RYAN

Cuando oyes unas palabras tan sabias de labios de una desconocida, por alguna razón todas las conversaciones del día siguiente te parecen una soberana tontería.

Jessie.

Tiene un nombre suave. Su voz es suave. Las curvas que he tenido el placer de ver parecían tan suaves. Cierro las manos en respuesta a la necesidad que siento de aferrarme a ella.

Estoy sentado al frente de la mesa de la sala de juntas. Hoy toca revisar las finanzas y valorar si estamos siguiendo la trayectoria adecuada. El director financiero ha estado hablando sin parar durante lo que parecen ser horas. Jeff es un buen hombre, pero todavía no ha aprendido que me gusta ir directo al grano y que confío en que haya llevado a cabo el trabajo necesario para llegar a sus observaciones y recomendaciones; no necesito que me muestre todas las tablas y gráficos que ha producido su equipo, pero aun así me lo enseña todo.

Me entretengo con el teléfono, contestando a correos electrónicos, mientras Jeff arrastra al resto de los presentes en sus preámbulos. No tengo ningún mensaje personal. La gente suele decir que aquellos que están en la cima llevan una vida solitaria, y tienen razón. Cuando has subido tan alto como lo he hecho yo, acabas con una montaña de relaciones personales abandonadas por el camino. Algunas por buenas razones, otras por malas. Debería haber dedicado más tiempo a mantenerme en contacto con aquellas amistades que eran genuinas, con aquellos que estuvieron a mi lado antes de que tuviese un duro. Me siento como un mierda por haber prestado atención a los oscuros susurros de mi mente que me habían dicho que solo me llamaban por el dinero que estaba amasando, porque querían favores o porque necesitaban mi ayuda. Nunca les había dado oportunidad de demostrar que me equivocaba; en lugar de eso había elegido aliarme exclusivamente con aquellas personas que estuviesen a mi altura en finanzas y poder.

Aprendí demasiado tarde que la mayoría de la gente que llega tan alto como yo lo hace subiéndose a la espalda de los demás.

También subestimé la decencia con la que mi madre me había criado.

Me rio para mí mismo al pensar eso. Teniendo en cuenta dónde había acabado la noche anterior y a dónde planeaba volver esta noche, mi madre seguramente no me considerase demasiado decente ahora mismo. Sería mejor que no se enterase de lo que conllevaba a veces el hecho de ser hombre.

Pienso en Jessie. Su perfume había sido muy distintivo, algo ligero y floral que me había hecho desear apretar el rostro contra su cuello e inhalar.

Sé que me tenía algo de miedo; lo noté en el coche cuando le puse la mano en el brazo y ella se esperó lo peor. Se me retuerce el estómago al pensar en las situaciones que quizás haya vivido. Había visto la clase de hombres que estaban presentes en su lugar de trabajo. Creo que, cuando se refieren a esa clase de sitios como *clubs para caballeros*, no se dan cuenta de qué personas configuran realmente su clientela.

La sala se sume en el silencio y me percato de que alguien me ha hablado y no tengo ni idea de qué me han preguntado.

Alzo la mirada hacia la diapositiva que Jeff está mostrando. Es la previsión del resto del año; la línea queda por debajo de las expectativas originales. Está claro que no me alegro al verlo.

—No es lo bastante bueno —digo. No lo digo con enfado, no es más que una afirmación.

—Lo sé —contesta Jeff con tono derrotado.

—Bueno, ya sabes que voy a preguntar si hay algún plan. —La sala vuelve a sumirse en el silencio y ahora sí que empiezo a enfadarme—. ¿Tienes algún plan?

—Tenemos que comprometernos a realizar más inversiones —dice Jeff.

Frunzo el ceño. La publicidad ya constituye la mayor parte de nuestros gastos anuales, pero parece que el dinero que usamos no está cundiendo.

—Gastar más no es la solución —contesto—. Haz que el dinero que tenéis dé para más cosas.

La sala sigue en silencio. Me pongo en pie y apoyo las manos sobre la mesa; no quiero ver más diapositivas. No quiero oír más excusas.

—Seguiremos mañana —digo, mirando a los hombres y

mujeres que me rodean y que se supone que están trabajando para que esta empresa sea un éxito. Nadie me mira a los ojos. Saben que es inútil; han conseguido mosquearme y cualquier comentario que puedan hacer ahora solo servirá para hacerme explotar.

Suspiro.

—Seguiremos mañana —repito, y me marcho de la sala.

Miro por la ventana en cuanto vuelvo a estar en mi despacho. Seguramente tenga las mejores vistas de la ciudad, pero hace mucho que no las aprecio de verdad. Si miras algo durante demasiado tiempo, acaba convirtiéndose en algo mundano. Eso es lo que pienso, pero no estoy seguro de si me lo creo de verdad. Podría haberme pasado toda la vida mirando a Corina, pero no tuve la oportunidad de hacerlo.

Jessie.

Esa mujer tiene algo. No es tan refinada como Corina; sus rasgos son más suaves, la nariz más respingona y las mejillas más redondeadas. Tiene los ojos azules, no de un tono claro como el mar, sino más bien como un cielo nublado. Nublado por la tristeza, ahora lo sé. He visto mi propio dolor reflejado en ella, y no estoy seguro de qué significa el hecho de que quiera volver a verla. No estoy seguro de qué quiero de ella, y eso me confunde. Normalmente siempre sé lo que quiero. Siempre que tomo una decisión lo hago con seguridad, lo que significa que no voy vagando por la vida haciendo cosas por que sí. Yo escojo mi camino y ese es el que sigo.

Tengo la sensación de haber escogido a Jessie, pero eso no tiene sentido. Es una stripper; ¿qué demonios podría querer de una mujer que trabaja en el *Kitty Cat Club*?

Sexo.

Puedo comprar cualquier tipo de sexo que quiera,

podría comprar a mujeres expertas en cómo complacer a un hombre, pero descubro que no es eso lo que quiero. Quiero algo real, algo incómodo y no del todo correcto. Quiero a una mujer cuyo corazón esté tan herido como el mío, una mujer que lo entienda. Creo que se trata de eso. Por eso no puedo dejar de pensar en ella. Es como si hubiese encontrado a la horma de mi zapato, y mi mente anhela a toda costa que encajemos. Y mi cuerpo también lo desea.

Decido salir temprano de la oficina. Mi asistente me mira con curiosidad cuando paso junto a ella y le digo que cancele el resto de mis reuniones y que desvíe mis llamadas al buzón de voz. No quiero que me incordien con cosas del trabajo mientras estoy así. Tengo la impresión de que debo proteger este estado mental y no perderlo; no quiero que ninguna razón me haga cambiar de opinión para que vaya a ver a Jessie más tarde.

Una vez en casa hago ejercicio durante una hora, esforzándome hasta estar empapado en sudor y sentir los músculos tensos y caldeados. Pongo el agua de la ducha más caliente de lo normal y me froto con fuerza hasta que tengo la piel sonrosada y limpia. Tengo la sensación de estar librándome del pasado a modo de preparación para mi intento de seguir adelante. No quiero seguir sintiéndome atrapado.

Es en ese momento cuando tomo la decisión.

Una decisión importante.

Es un gran paso hacia algo en lo que llevo pensando desde hace más de un mes. He estado mostrándome indeciso y debatiéndolo conmigo mismo, pero he dejado atrás mi indecisión.

Lo último que hago antes de salir de casa es abrir la caja fuerte. Saco cincuenta mil dólares en metálico y los meto en un sobre que me guardo en el bolsillo de la chaqueta.

Debería ser suficiente como para que una negativa resulte improbable.

Vuelvo a conducir mi propio coche hasta el *Kitty Cat Club*. Mi chófer seguramente se esté preguntando por qué tiene tantas noches libres de repente, pero no quiero que sepa a dónde voy, y desde luego tampoco quiero llamar la atención. He dejado el reloj en casa, me he vestido con ropa sin logos de diseñadores y he intentado ser uno más entre la gente de la ciudad, pero sé que no lo lograré. No importa lo que haga; parece que siempre acabo llamando la atención. Quizás sea por el modo en el que me muevo, pero eso es algo que no puedo cambiar.

Esta noche está el mismo portero en la entrada, aunque esta vez me mira con menos aire amenazador y más interés. Seguramente se pregunte por qué he ido dos noche seguidas, aunque no creo que sea algo tan poco habitual.

Una vez dentro voy directo a la barra, igual que anoche. El camarero es distinto, pero yo pido la misma copa. Hay algo en mí que quiere que todo sea igual que ayer. Busco a Jessie, pero no está sentada donde la vi anoche. Tampoco está en el escenario, algo que me alivia. Sé que también debe de hacer stripteases, como todas las demás, pero no estoy seguro de querer ver cómo una sala llena de hombres la mira con lascivia.

¿En serio estoy celoso porque otros hombres miren a una stripper? Sacudo la cabeza mientras bebo de mi copa. Tengo que controlarme y averiguar dónde está.

—¿Ha llegado ya Cindy? —pregunto.

Veo cómo el camarero arquea ligeramente una ceja y asiente. Quizás la desee para sí mismo. No me sorprendería; es una mujer preciosa.

—Está en una de las salas privadas.

Se me encoge el estómago al imaginarla girando en la

barra tal y como hizo anoche para mí. La detuve antes de que se quitase el sujetador, pero quizás esté haciendo eso ahora mismo para otro hombre.

Sé lo que debo hacer para detener este sentimiento que me corroe; tengo que reservarla para el resto de la noche. Quiero que baile para mí y para nadie más.

No me hace falta esperar mucho hasta que aparece y, cuando lo hace, el corazón me empieza a martillear en el pecho. Lleva lencería de puntos, y se le ve tan joven. Las bragas tienen unos pequeños lazos a los costados que me imagino aflojando para que la prenda le resbale por ese culo tan sexy. Jessie también muestra una expresión asustada, algo que logra que la ira me nuble la vista. Cierro la mano alrededor de mi copa. Está a punto de pasar a mi lado sin notar que estoy sentado justo aquí, así que la cojo por la muñeca con toda la suavidad de la que soy capaz.

—Jessie —digo en voz baja, haciendo que se gire con gesto sorprendido y que me mire con esos preciosos ojos. Los abre todavía más al caer en quién soy.

—No me llames así aquí —dice a toda prisa.

Asiento con la cabeza, comprendiendo demasiado tarde que le gustaría no mezclar su vida en el *Kitty Cat* con su vida real.

—¿Estás bien? —pregunto.

Ella respira hondo y asiente con la cabeza.

—Si alguien ha hecho algo… —digo. El significado de mis palabras queda claro sin necesidad de que me explaye. Estaría dispuesto a darle una paliza a cualquier que hiriese a esta mujer, y el hecho de que a duras penas la conozca no importa un pimiento.

—No pasa nada —dice Jessie con voz suave, librándose de mis dedos—. Tengo que irme. Me han reservado para toda la noche.

Asiento con la cabeza y permito que una pequeña sonrisa me curve los labios. Jessie parpadea y entrecierra los ojos.

—¿Me has reservado tú? —Vuelvo a asentir—. ¿Para toda la noche?

Me pongo en pie; me siento como un gigante junto a su figura pequeña y medio desnuda.

—Será mejor que me enseñes dónde podemos ir.

Asiente y se da la vuelta, avanzando con pasos pequeños y cuidadosos frente a mí. Sus zapatos son unos ridículos tacones de aguja que deben de estar destrozándole los pies, pero sus muslos y gemelos están bien definidos y Jessie balancea las caderas con cada paso. Para cuando llegamos a la sala, ya estoy medio erecto. Mis manos ansían rodearle la cintura y sentir el calor de su piel. Podría enterrar el rostro entre sus piernas y saborear su dulzura, hacer que suplicase por mi polla, pero no puedo hacer nada de todo eso aquí. Lo único que puedo hacer es mirar e imaginar. Quizás vuelva a dejar que la lleve a casa, y quizás...

La sala es distinta esta vez, con un sofá azul y las paredes azules. Parece fría en cierto sentido pero, con Jessie allí, tengo la impresión de ir a estallar en llamas.

—Siéntate —dice, centrándose en poner música.

Me dejó caer en el sofá bajo sin querer pensar en lo jodidamente sucio que debe estar. Cuando Jessie se gira, sus ojos se vidrian como si se estuviese poniendo una máscara que le permita hacer su trabajo. Parece que su mente esté en otro sitio, algo que me hace sentir un nudo en la garganta.

Siento el impulso de decirle que se detenga cuando se sujeta a la barra y empieza a girar, pero descubro que no puedo. El nudo sigue ahí, pero mis ojos están desesperados por ver cómo su cuerpo esbelto hace aquello para lo que se le ha entrenado. Es fuerte pero conserva su suavidad, con las curvas encajando a la perfección con los músculos que le permiten sostenerse en unas posturas que le arquean la espalda y me tienen asombrado. Joder. Me pican las manos por lo mucho que deseo tocarla. Mis ojos ansían ver qué hay bajo el pequeño sujetador y las bragas que lleva. Hay muy poco dejado a la imaginación, pero las partes de su persona que están cubiertas son precisamente las que más quiero hacer mías.

Jessie gira, parece tan ligera como el aire. Su cabello se agita a su alrededor como un halo de oro e, incluso lo pienso, noto que estoy perdiendo ligeramente la cabeza. El dinero que tengo en el bolsillo me pesa y, cuanto más baila Jessie para mí, menos seguro me siento de mi plan.

Fracasar jamás es una opción así que, cuando Jessie vuelve a poner ambos pies en el suelo, le pido que se siente un momento.

Me mira con nerviosismo. Supongo que ha habido hombres que le han pedido lo mismo con la intención de tocar aquello que habían estado mirando con tanto celo.

Alzo las manos en el aire.

—No pienso moverlas —digo, intentando dibujar una sonrisa. Me resulta difícil, y no solo por lo que estoy a punto de pedirle. Se trata de mucho más que eso.

Jessie deja puesta la música y se sienta con aire indeciso.

—Estaba pensando en lo que dijiste anoche.

Cambia de postura y se mira las manos. Sé que se siente incómoda, pero necesito explicarlo. Necesito que confíe en mí o jamás aceptará.

—¿Qué parte? —pregunta.

—Lo que dijiste de sentirse culpable por seguir vivo.

Asiente con la cabeza.

—¿Es así como te sientes?

—Es lo que sentía antes. Creo que ya he hecho las paces con esa parte.

Jessie parece pensativa.

—Entonces, ¿cuál es la parte que sigue dándote problemas?

Ahora me toca a mí cambiar de postura con nerviosismo.

—Me siento culpable por querer mirarte.

Las mejillas se le tiñen de rosa y baja la mirada. Es lo más adorable que he visto en mucho tiempo.

—Mirar no es malo —contesta—. Está en nuestra naturaleza. No podemos hacer nada en cuanto a esos impulsos.

—¿Y qué hay del impulso de querer tocarte?

Me mira y sus ojos intentan leer en los míos a qué me refiero. Mantengo las manos sobre las piernas para que no se haga una idea errónea; no pienso toquetearla.

—Demuestra que estás dejando atrás la parte más profunda del duelo —dice con voz suave—. Intenta pensar en ello como algo positivo.

—¿Tú lo sientes? —le pregunto.

—¿Si siento deseo? —aclara sin alzar la voz.

—Sí.

—No estoy segura de que esto forme parte del servicio que ofrezco.

—Lo que quieres decir es que no quieres contestar.

—Lo que quiero decir es que quizás debería bailar para ti.

—Me encanta cuando bailas —le digo—. Pero preferiría hacerte otra pregunta, si te parece bien.

Jessie mira la barra como si estuviese pensando en qué hacer a continuación.

—Vale —accede—. Solo una más, o el personal de seguridad vendrá a ver qué demonios está pasando.

5

JESSIE

No comprendo lo que está pasando. No comprendo lo que siento por este hombre. Sentirse atraída por alguien tan rápido no es correcto; me parece arriesgado y peligroso, como si mi corazón hubiese estado acurrucado y herido y ahora se abriese de repente y empezase a latir sin problemas. Aquí estoy, sentada y ansiando sus caricias.

La luz tenue de la sala privada baña su perfil con un tono ámbar. Tiene la nariz recta, las cejas gruesas y esos labios… Su expresión es más relajada de lo que me esperaba. Las arrugas fruto de la preocupación y el velo de tristeza que le nublaba la mirada han desaparecido.

Ojalá supiese qué es lo que le está pasando por la cabeza. Escucho los sonidos de nuestra respiración y los bajos lejanos de la música que suena en el club. La vida sigue adelante fuera de esta sala, pero se me antoja algo remoto. Me siento como si estuviese dentro de una burbuja, lejos de mi existencia habitual, y no creo haber sido consciente hasta este momento del modo en que estaba siguiendo adelante con mi vida como si fuese un robot. A pesar de lo tonta que me siento por admitirlo, aquí me siento a salvo y la perspectiva de abrir la puerta de esta habitación raída y volver a mi vida me llena de pavor.

La vida me ha enseñado una lección muy dura, y es que creer que habrá mañana es de lo más arriesgado. Mi marido tenía planes antes de morir, listas de cosas que quería hacer, libros que quería leer y lugares a los que quería viajar. Detestaba su trabajo pero no intentaba encontrar algo que lo hiciese más feliz. Todo lo dejaba para otro día hasta que, de repente, ya no hubo más días.

—Jessie —dice Ryan en voz baja, acariciándome la mejilla—. ¿Vendrás conmigo esta noche?

El corazón me da un salto ante su invitación. ¿En qué está pensando? ¿Acaso cree que puede comprar mi tiempo aquí, pero hacer que vaya con él gratis después del trabajo? Me siento estúpida por sentir un pequeño pinchazo de dolor. Soy consciente de a lo que me dedico, y también sé qué piensa la gente al respecto. Ningún hombre viene a un sitio como este con el deseo de convertirme en su chica. Nadie viene aquí en busca de una esposa. Sus ojos me observan el rostro y sé que tengo que responder.

—¿A dónde?

Ryan hace una pausa, centrándose en el mechón de mi cabello que se está enrollando entre los dedos. Puedo notar la tensión de su cuerpo mientras considera lo que va a decir, y el modo en que duda hace que parezca que está a punto de decir algo importante. Algo en lo que está pensando mucho.

—Voy a cogerme unas vacaciones —dice—. Un mes. Detesto estar solo. ¿Vendrías y te quedarías conmigo? Como compañía o como algo más, si estuvieras dispuesta. Te pagaré cincuenta y mil dólares en metálico por un mes de tu tiempo.

Casi me atraganto. ¿Ha dicho cincuenta mil dólares?

—¿Como compañía? —Me dan ganas de reírme; no es en absoluto lo que esperaba que dijese. Tengo la sensación de haber entrado en un capítulo de Downton Abbey sin darme cuenta. Aquí sentada, cubierta únicamente por algo de lencería, no tengo la impresión de ser una compañía muy digna. Y, como cliente del *Kitty Cat Club*, Ryan no debería ser la clase de hombre que sugiere cosas así.

—Pareces divertida —comenta, y me parece ver cómo las partes suaves de las mejillas, justo debajo de los ojos, se le sonrojan ligeramente. Siento un impulso repentino de besarlo justo ahí, de sentir el calor de su vergüenza contra mis labios, pero no lo hago. En lugar de eso me reclino en el sofá y alzo la vista hacia el techo desconchado.

—Como compañía —repito—. Cincuenta mil dólares. —El simple hecho de pronunciar esas palabras hace que sienta un escalofrío en los brazos. Cincuenta mil dólares es una cantidad que me cambiaría la vida. Una cantidad que me ayudaría a poner orden en mi vida. También es más dinero del que consideraría a nadie capaz de pagar por un mes de mi tiempo, al menos sin tener que hacer cosas horribles—. ¿Qué tendría que hacer?

Ryan me mira directamente a los ojos, como si quisiera demostrarme que lo dice en serio y que es una persona de confianza, dos cosas de las que ahora mismo estoy dudando.

—Tendrías que quedarte en mi casa. Me acompañarías a cualquier evento social y en mis viajes. Comerías conmigo y pasarías los fines de semana conmigo.

—¿Y?

Se pasa la mano por el pelo, un hábito nervioso que me parece encantador y completamente inesperado. ¿Por qué está nervioso? Soy simplemente Jessie, y si de verdad tiene cincuenta mil dólares que quiere gastarse para contar con compañía durante un mes, algo habrá que se le dé muy bien.

—Ha pasado mucho tiempo desde que he estado con alguien —dice en voz baja.

Parpadeo lentamente ante esa afirmación. Ryan es la clase de hombre que podría encontrar a una mujer distinta para cada día de la semana, así que saber que no está sacando provecho del talento que le ha dado Dios me entristece.

—Para mí también ha pasado mucho tiempo —contesto con suavidad.

El momento se extiende entre nosotros como el frágil hilo de una telaraña. Dos almas solitarias contemplando aquello que nos llevará a un lugar en el que estuvimos en el pasado pero que perdimos por los peligros de la vida.

A la gente como yo no les pasan cosas como esta. Parece salido de la película *Pretty Woman*, o de una novela de Christian Grey.

—¿Cincuenta mil dólares? —repito una vez más.

Ryan asiente y mete la mano en el bolsillo para sacar un sobre. Abro los ojos de par en par cuando extrae un fajo de billetes.

—Lo tengo aquí mismo, y podría dártelo ahora. Sé que no nos conocemos lo suficiente como para que confíes en mí, pero espero que, si te lo doy por adelantado, sea suficiente para que sepas que mi propuesta es en serio.

Me tiende el sobre, y cuando lo cojo siento su peso. Es el peso de una decisión.

Soy una stripper, no una puta. Quizás venda mi cuerpo en cierto sentido, pero es completamente distinto a dejar que me toquen. No se trata de una decisión que pueda tomar mientras estoy sentada en ropa interior junto a un hombre que me intriga y me aterroriza en la misma medida. Me siento algo perdida. Ojalá pudiese llamar a mi hermana y contárselo, pero no sabe a lo que me dedico; ¿cómo iba a explicarle todo esto? Mientras mantenga este trabajo en secreto, me parecerá únicamente un bache en mi vida que podré dejar atrás sin que manche mi futuro. Si acepto la propuesta de Ryan, ¿será ese mes otro bache más? Podría acceder a lo que me ha pedido y no contárselo a nadie. ¿Podría hacerlo si nadie se entera?

Pero no se trata únicamente de mi reputación, sino también de mi corazón. Sé cómo soy; no puedo tener relaciones con alguien sin que mi corazón también se vea arrastrado por mis actos. Creo que las mujeres fuimos creadas de manera distinta en ese sentido. Los hombres pueden tener sexo simplemente para obtener placer físico; lo pueden reducir todo a una transacción del mismo modo en que lo ha hecho Ryan y no darle más importancia. Miro a Ryan, pero no logro entenderle. Creo que es un buen hombre, o al menos tan bueno como puede serlo un hombre al que le parece necesario pagar para que una mujer se quite la ropa. Sé que ha pasado por muchas cosas, cosas con las que puedo empatizar, pero esto no lo comprendo. Es un hombre atractivo, con buena presencia y carisma. Estoy segura de que, con todos sus atributos naturales y su riqueza más que evidente, podría conquistar a cualquier mujer sin necesidad de pagar por ello. ¿Qué es lo que le lleva a hacer algo así?

—¿Vas a decir algo? —pregunta.

Quiero dar con una respuesta a mi pregunta, pero no me siento capaz de formularla. ¿Es una estupidez el que esté considerando aceptar esta propuesta tan desbaratada, una propuesta que seguramente conlleve que me acueste con él, pero que al mismo tiempo no me sienta lo suficiente cómoda como para hacerle una sencilla pregunta? Ya sé la respuesta; es absolutamente ridículo. Pero estamos hablando de cincuenta mil dólares, una cantidad de dinero que me sacará de muchos apuros.

Y mi vida necesita desesperadamente dar un giro a mejor.

—Sí —digo en voz baja, y se me antoja la palabra más importante que he dicho desde el día que en pronuncié el «sí, quiero».

6

RYAN

Ha dicho que sí.

Seré sincero; desde el principio pensé que lo haría. He puesto cincuenta mil dólares sobre la mesa, y no existe mucha gente que pueda rechazar esa clase de dinero. O, al menos, no hay muchas mujeres que trabajen en un sitio así que puedan rechazarlo. Por eso lo he traído conmigo. No soy un hombre al que le guste tentar a la suerte; siempre analizo a mi competencia y encuentro qué es lo que les motiva, tras lo cual ya solo es cuestión de presentar dichas motivaciones.

Miro las piernas esbeltas de Jessie cuando se sube a mi coche y pienso en algo con lo que me gustaría muchísimo motivarla. Quizás lleguemos a ese punto esta noche, o puede que la haga esperar. Hacerlo esta noche se parece demasiado a una coacción, pero sé que, en cuanto haya estado en mi casa uno o dos días, será algo más natural. Quiero que lo desee, necesito saber que, incluso si le estoy pagando, Jessie disfrutará de todo lo que ocurra. Soy un capullo arrogante y no tengo reparos en usar mi dinero para conseguir aquello que quiero, incluso si a ojos de otros parece poco ético, pero tampoco soy un monstruo.

Lo que quiero de verdad es que este mes también sea bueno para ella. De lo contrario, ese tiempo no cumplirá mis objetivos. Me giro hacia Jessie mientras enciendo el motor; está mirando por la ventanilla con las manos entrelazadas delicadamente en el regazo. Daría otros cincuenta mil dólares por saber en qué está pensando ahora mismo pero, aunque puedo comprar la presencia física de alguien, el comprar sus mentes es completamente imposible. Jessie quizás me diga lo que quiero oír, pero nunca sabré realmente lo que le pasa por la cabeza.

—Te llevaré a casa para que puedas recoger algunas cosas —digo.

Asiente con la cabeza, mirándome rápidamente de reojo antes de volver a centrarse en la ventanilla. En el club desapareció un momento para cambiarse y decirle a su jefe que no podría ir a trabajar durante una temporada. Parecía preocupada ante la posibilidad de que la despidan, pero después se acordó del dinero y pareció relajarse. Tengo la sensación de que no volverá a este trabajo una vez que finalice nuestro mes, y espero de verdad que encuentre otra cosa.

Los dos guardamos silencio, yo perdido en mis pensamientos sobre lo que nos aguarda el próximo mes y Jessie… Bueno, no tengo ni idea.

Una vez en su barrio, empiezo a sentir un nudo en el estómago. No es una buena zona. No me gustaría tener que caminar por estas calles sin guardaespaldas, mucho menos dejar que lo hiciese una mujer pequeña y frágil como Jessie. Me detengo frente a su edificio pero le digo que espere antes de salir del coche. Quiero que comprenda la clase de hombre que soy, así que rodeo el coche para abrirle la puerta. Jessie me mira, parpadeando como si nunca nadie la hubiese tratado como una dama, y el estómago se me vuelve a encoger.

—No hace falta que me acompañes a la puerta —dice con las mejillas algo sonrosadas. ¿Acaso está avergonzada por el lugar en el que vive?

—¿No quieres que te ayude a llevar tus cosas? Puedo esperar fuera mientras preparas la maleta.

Jessie está a punto de negar con la cabeza, pero cierro la puerta del coche con un golpe y le pongo la mano en la base de la espalda, empujándola con suavidad hacia delante. Parecer ser suficiente para que ceda, y me lleva hacia la puerta de uno de los bloques de apartamentos.

—Puedes subir —dice, y subimos hasta el segundo piso. La escalera apesta a comida y basura, pero en cuanto llegamos a la puerta de Jessie ya empiezo a oler algo limpio y fresco antes incluso de que la abra. El vestíbulo es estrecho, pero da un espacio abierto lleno de luz. Para mis estándares resulta pequeño; estimo que el apartamento completo cabría en uno de los baños de invitados más pequeños que tengo, pero Jessie ha aprovechado el espacio y eso me gusta. Hay una cama individual pegada a la pared, bajo la ventana, y la cocina está formada por unos cuantos armarios, un fregadero y un microondas encima, pero son los toques personales y el cuidado que ha puesto en convertirlo en un hogar lo que me demuestra ligeramente la clase de persona que es.

—No es mucho —dice Jessie, haciendo un gesto a su alrededor— Pero ya sabes… No podía permitirme algo más grande.

—Lo has hecho acogedor —indico, y Jessie dibuja una mueca avergonzada.

—Simplemente lo he decorado un poco. —Desaparece en lo que asumo que es el baño mientras yo me siento en el futón y miro las fotografías que hay en la mesa que tengo al lado. Jessie aparece con una mujer que asumo que es su hermana. Se parecen tanto que podrían ser gemelas, pero hay otra fotografía de cuando eran niñas y en ella se nota la diferencia de edad. En la pared hay un cuadro de una mujer bailando en la playa. Se parece a Jessie, y me pregunto quién debe de haberla plasmado sobre la tela. Quizás un exnovio. Puede que su marido. La idea de que haya habido otros hombres en su vida despierta unos celos en mi interior que no tengo derecho a sentir; resulta estúpido ponerse territorial por una mujer a la que todavía no he marcado como mía.

Jessie sale del baño con una bolsa blanca de aspecto pesado.

—Dame un momento —dice, dirigiéndose a un armario que hay en la esquina. Desaparece dentro y oigo cómo se abren y cierran cajones, seguidos del sonido de una cremallera. Las perchas tintinean a medida que descuelga la ropa. No puedo imaginarme qué debe de estar metiendo en la bolsa, pero nada de todo eso le hará falta. En casa tengo un armario lleno de ropa esperándola, y se trata de esa clase de ropa que seguramente nunca haya tenido oportunidad de ponerse, pero decido no decirle mucho al respecto. Mejor dejar que traiga consigo todo aquello que la haga sentir cómoda y ya tendrá ocasión de olvidarse de su existencia en cuanto tenga la oportunidad asentarse en su nueva vida. Por un segundo siento un pinchazo de culpa; el sacar a alguien de una vida como la que Jessie ha acabado viviendo para darle la vida que podría vivir a mi lado y después dejar que vuelva a su posición original tras tan solo cuatro semanas no me parece demasiado benévolo, pero ahora mismo no puedo pensar en eso. Tengo un plan, y los planes que hago siempre se siguen a rajatabla. Incluso este, que tan definitivo me parece, se cumplirá con el mismo celo; es algo que me prometo a mí mismo a pesar de ser consciente de que las circunstancias bien podrían escapar a mi control.

Jessie vuelve a la habitación con una pequeña mochila. Esperaba algo más grande, pero así es mejor.

—¿Lista? —le pregunto, y asiente con la cabeza.

—Solo tengo que sacar la basura y vaciar la nevera.

—Yo me ocupo de la basura —le digo. No recuerdo la última vez que tiré la basura. Nos ocupamos de los aspectos más prácticos que conlleva la ausencia de Jessie durante un periodo prolongado y, mientras lo hacemos, no dejo de mirarla de reojo para asegurarme de que no lo está reconsiderando. Parece de lo más absorta, pero me imagino que todavía lo está procesando todo. No estoy seguro de en qué estaría pensando yo si estuviese en su lugar—. Mi casa te gustará —comento. Jessie tiene medio pepino en la mano y parece confundida por un segundo—. Te sentirás como en casa. —Noto cómo se me calientan las mejillas; no me estoy comportando como de costumbre, pero es comprensible. Los dedos me cosquillean cuando cojo la bolsa de basura y la saco del cubo de plástico, y aprieto los puños con fuerza en respuesta.

—¿Puedo meter esto dentro? —pregunta Jessie, y abro la bolsa para que pueda meter dentro toda la comida fresca. Una vez hecho, me dirijo a la puerta—. La trampilla para la basura está al final del pasillo —me indica, así que pongo rumbo en esa dirección. Jessie me sigue y, una vez que he tirado la bolsa, me tiende una toallita húmeda para que me limpie las manos.

Hasta el más mínimo gesto se me hace extraño en presencia de esta mujer, y no es porque sea ella la que los realiza, sino porque somos desconocidos y estoy intentando que seamos algo más a toda prisa. Cojo su mochila y la sigo hacia la calle.

—¿Hace mucho que vives aquí? Jessie niega con la cabeza mientras bajamos las escaleras.

—Tuve que mudarme cuando mi marido… —No acaba

la frase, y siento el dolor de sus recuerdos en mi propio corazón.

—Es una pena —comento. El que la obligasen a abandonar su casa tras una tragedia debió de hacer que las cosas le resultasen mucho más difíciles de lo que ya lo habían sido.

—No tanto —responde—. No podría haberme quedado allí. Hasta el último centímetro estaba impregnado de su presencia; nunca habría logrado superar el duelo.

—¿Y has conseguido superarlo aquí? —pregunto. Quizás ese esté siendo mi problema; me aferro a todo aquello que formó parte de mi pasado y me niego a darme el espacio suficiente para superarlo.

—Todo lo que me ha sido posible —dice.

Las manos vuelven a cosquillearme cuando le abro la puerta del coche. Jessie se desliza en su asiento y dejo su mochila en el maletero antes de acomodarme tras el volante. Decido que sería buena idea poner algo de música, así que activo el modo aleatorio en mi colección. La primera canción que suena me recuerda demasiado a mi pasado, así que la salto.

—Esa me gusta —dije Jessie con suavidad, como si para ella también tuviese un significado especial.

—Sí… es buena —murmuro, pero no vuelvo a ponerla. En lugar de eso elijo algo más animado e iniciamos el largo camino hacia el otro lado de la ciudad.

La temperatura es agradable, así que acabamos bajando las ventanillas y atisbo la sombra de una sonrisa en el rostro de Jessie. Y, lo que es todavía más sorprendente, noto cómo a mí también se me empieza a dibujar una en los labios. Hay algo en el aroma de inicios de verano, en la música y en conducir que me hace feliz. Ha pasado tanto tiempo desde que tenido esta sensación de libertad.

No sé por qué le di la espalda a tantas cosas que eran importantes para mí. El dinero conlleva libertad, pero también puede llegar a convertirse en una prisión.

Y, mientras Jessie saca un protector labial y se lo pasa por los labios, me juro a mí mismo que recuperaré esta libertad mientras todavía tenga ocasión de hacerlo.

7

JESSIE

No sé qué era lo que me esperaba, pero no era esto. La casa de Ryan… bueno, no creo que se pueda considerar una casa. Es una mansión completa con verja, personal de seguridad y un camino de entrada tan largo que a duras penas se ve la casa desde la carretera. Intento no quedarme con la boca abierta como si fuera un pez. Lo intento de verdad, pero acabo de dejarle ver mi apartamento de una sola habitación cuando él proviene de un sitio así. Joder. Me siento tan avergonzada.

La palabra avergonzada se queda corta. Decir que estoy completa y absolutamente mortificada es más adecuado. ¿Qué demonios debe pensar de mí ahora? Una stripper con un apartamento de mierda y con ropa barata.

Bueno, supongo que ya sé lo que piensa de mí: que se me puede comprar con cincuenta mil dólares.

Me sorprende que no me haya ofrecido menos dinero.

Cuando nos acercamos a la casa, las puertas del enorme

garaje se abren y Ryan guía el coche hasta un espacio gigantesco que resulta ser el hogar de una flota entera de coches fantásticos. Hay tantos que ni siquiera puedo contarlos. Un hombre aparece y me abre la puerta, y Ryan también sale del coche.

—Hay equipaje —le indica al hombre, y este se limita a asentir.

Me aparto un poco para que pueda cerrar la puerta del copiloto y después me quedo mirando como ese hombre, que va vestido como un mayordomo, saca mi mochila del maletero.

—Jessie —me llama Ryan, y capto la indirecta de que quiere que me acerque. Tengo las manos sudadas y también noto cierto picor en el labio superior. Estoy tan fuera del mundo al que estoy acostumbrada que bien podría estar en el fondo del Atlántico—. Te enseñaré la casa y después podrás ponerte cómoda.

¿Cómoda?

Este sitio será mi hogar durante el próximo mes o, como mínimo, será el sitio en el que voy a vivir. De hecho, me prometo a mí misma que no me pondré demasiado cómoda. No me permitiré acostumbrarme a esto porque, aunque me marcharé de aquí con cincuenta mil dólares, no será suficiente para mejorar demasiado mi situación actual una vez que haya pagado mis deudas. No puedo acostumbrarme a que la gente me abra las puertas y me lleven el equipaje. Dentro de un mes seré yo quien cargue con la compra de la tienda hasta casa, y seré yo quien luche por abrir la puerta del apartamento mientras tengo las manos ocupadas. Debo recordar quién soy y de dónde vengo, así el abandonar este lugar no me dejará destrozara.

—¿Tienes hambre? —me pregunta Ryan mientras recorremos un pasillo que lleva desde la parte posterior del garaje hasta la casa. Quiero decirle que sí, pero se me cierra la garganta al ver lo precioso que es este lugar. Es espectacular, como si hubiese salido de una de esas revistas de páginas tan gruesas y brillantes que a duras penas puedes pasarla, pero es todavía mejor. Quien fuese que la decorase, mezcló lo elegante con lo personal. Hay cuadros enormes colgados en el vestíbulo, al igual que una lámpara que es más cristal inclinado y bronce que lámpara de araña. La madera oscura se mezcla con cristal tintado y esculturas que seguramente deberían estar en un museo en Nueva York.

Supongo que no logro responder a tiempo, porque cuando miro a Ryan de reojo me lo encuentro mirándome fijamente.

—Un poco —espeto.

—Entonces iremos primero al comedor.

Lo sigo por las gigantescas escaleras curvas y entramos en lo que parece el epicentro de este enorme edificio. Ryan abre unas puertas dobles y de repente nos encontramos en un espacio vasto con ventanas que van desde el suelo al techo y que ofrecen vistas a un jardín diseñado con muchísimo gusto. Veo una piscina de reojo antes de que el comedor en sí mismo me cautive, y tengo que concentrarme para evitar detenerme en mitad del comedor y girar sobre mí misma para procesarlo todo. No quiero quedar como una tonta.

De repente aparece una mujer vestida con lo que imagino que suelen ponerse las amas de llaves en los hoteles caros.

—Jessie tiene hambre —dice Ryan, escueto.

La mujer sonríe.

—¿Qué le gustaría que le sirviese? —pregunta.

—Eh... —tartamudeo; ahora mismo ni siquiera estoy segura de que pudiese beberme un vaso de agua.

—Preparo unas tortitas deliciosas —dice la mujer, desviando la mirada hacia Ryan.

—Son las mejores —concuerda este sin el menor rastro de emoción.

Asiento con la cabeza.

—Suena bien.

—¿Las quiere con beicon y sirope de arce?

—Claro.

—¿Y de beber?

—¿Algo de zumo? —La boca se me está empezando a hacer agua; empiezo a sentirme como un animal callejero al que este hombre ha sacado de un zulo. La mujer asiente, sonríe y desaparece por la puerta por la que ha entrado. Los siguientes segundos parecen pasar a cámara lenta. Ryan se mete las manos en los bolsillos y yo cambio mi peso de un pie al otro, terriblemente cohibida.

—Sentémonos —dice Ryan al fin, señalando la gran isleta de mármol. Nos sentamos en los taburetes y espero que Ryan saque el teléfono para entretenerse, pero no lo hace—. Noto que te sientes incómoda —comenta. Miro por la ventana, sintiendo cómo me sonrojo; no quiero que vea que estoy avergonzada. Su voz se suaviza—. Pero se te pasará pronto, Jessie.

—¿Por qué quieres todo esto? —le pregunto—. ¿Por qué yo?

Guarda silencio durante un rato.

—No puedo responder a la primera pregunta —dice. Noto que debe de tener un nudo en la garganta, uno que antes no tenía—. Y, en cuanto a por qué tú, me sorprende que necesites preguntarlo.

—¿A qué te refieres?

—Eres hermosa —dice. No es una frase pensada para halagarme; lo dice como si estuviese confirmando un hecho, y me sonrojo con fuerza. Ya me habían llamado bonita alguna vez. Sexy. Preciosa. Hasta me habían dicho que estaba como un tren, pero lo de hermosa es nuevo. El que me llame hermosa me hace sentir algo fantástico, como si mi corazón hubiese pasado de ser un capullo cerrado a florecer en cuestión de un segundo. ¿Me siento hermosa? No, no con el exceso de maquillaje que llevo y la ropa raída que me pongo para ir a trabajar. ¿Creo que este hombre podría hacer que me sintiese hermosa? No me cabe la menor duda.

—A eso me refiero —contesto—. Hay miles de mujeres hermosas ahí fuera que caerían postradas a tus pies. ¿Por qué pagarme?

Ryan se pasa la mano por la cara como si mis preguntas lo estuvieran estresando. No es mi intención, pero quiero saberlo. Quiero comprender sus motivos.

—Porque así es más sencillo. No hay expectativas más allá de nuestro acuerdo. Sé quién eres y cuáles son tus intenciones, y tú sabes lo mismo sobre mí.

La puerta se abre y la mujer de antes vuelve con un plato de tortitas de aspecto tan delicioso que el estómago me gruñe en respuesta. Deja el plato frente a mí, acompañado de unos cubiertos preciosos y una jarra de sirope de arce. A Ryan le sirve un expreso y un vaso de agua. No lo había pedido, pero debe de ser lo que toma normalmente. Me parece demasiado tarde para beber algo tan fuerte, pero supongo que Ryan debe de estar acostumbrado. Mi zumo de naranja recién exprimido está delicioso y me lo bebo poco a poco, repentinamente nerviosa ante la idea de comer delante de este hombre. ¿Juzgará mis modales en la mesa?

Corto un poco de tortita y lo mastico, consciente de cada uno de mis movimientos.

—¿No está buena? —pregunta Ryan tras un rato. Parece mortificado de verdad ante la idea de que quizás no esté disfrutando de lo que ha preparado su cocinera.

—Está buena —contesto.

—¿Entonces por qué estás comiendo como si fuese un pedazo de cartón? —Los labios se le curvan en una pequeña sonrisa y no puedo evitar devolvérsela.

—Tengo la sensación de que me miras comer —respondo, tras lo cual cojo un trozo enorme de tortita y me lo meto en la boca con aire desafiante.

—Te dejaré a solas —dice Ryan.

Pienso en lo extraño que se me haría estar sola en este comedor, sin él, y decido que eso me gusta todavía menos.

—No pasa nada —me apresuro a decir—. Quizás podrías entretenerte con el teléfono o algo así.

Ryan mete la mano en el bolsillo de su chaqueta azul marino y saca un teléfono. Es enorme, casi tan grande como una tableta.

—Me pondré al día de los movimientos de los mercados —dice. Sonrío; es justo lo que esperaba que dijese. No parece la clase de persona que se entretiene con juegos, y no logro imaginármelo mirando Facebook. Apuesto a que no tiene ni una sola cuenta en una red social. Un hombre como él no debe de tener tiempo para esas cosas.

Me dedico a comer mientras él adopta un gesto serio, y me paso todo el tiempo tratando de imaginar qué ocurrirá a continuación. Ryan ha comprado mi tiempo, y sé lo que significa algo así para un hombre; no creo que vayamos a ponernos a jugar al Scrabble cuando subamos al segundo piso.

Ha pasado mucho tiempo desde la última vez que tuve

sexo, mucho tiempo desde que un hombre me vio desnuda en una situación íntima. Sí, soy stripper, pero eso no es más que trabajo; desnudarse en un dormitorio es completamente distinto a hacerlo en una sala del trabajo o en el escenario. Desnudarse para tener sexo tiene asociados sentimientos mucho más complejos.

Intento imaginarme cómo será su cuerpo bajo esa ropa inmaculada de diseñador que lleva. Ryan parece la clase de hombre que hace ejercicio de manera habitual; apuesto a que tiene un gimnasio completo en la casa, y seguramente también cuente con un entrenador personal que aparece como por arte de magia. Quizás nade en la preciosa piscina que hay fuera. Mi mente se imagina el aspecto que tendría al salir de la piscina, con el agua cayéndole por el torso musculado y el cabello goteante y echado hacia atrás. Tiene los muslos gruesos, sus manos son fuertes y está bronceado, seguramente gracias a las vacaciones de lujo de las que debe disfrutar.

Si tuviese que elegir a un hombre con el que acostarme, alguien con quien hacerlo sin amor, Ryan sería seguramente el que ocuparía el primer puesto de mi lista, pero nunca he hecho eso de «tener sexo sin amor». Nunca he tenido ligues de una noche ni los amigos con derecho a roce que tenían algunas de mis amigas. Estuve con el hombre con el que me casé desde que era tan joven que él fue el único que ha estado dentro de esa parte de mi anatomía, e incluso el único que me ha hecho sentir placer. Me pregunto si alguna vez seré capaz de relajarme lo suficiente como para correrme con Ryan, o si tendré que fingirlo. No soy una mentirosa, así que esa idea no me gusta, pero tampoco querría decepcionarlo, no cuando ha pagado tanto dinero. Resulta curioso, porque no tengo la sensación de que Ryan haga cosas como esta a menudo. El modo en que me ha mirado la cocinera, con sorpresa en la mirada, no me hace sentir como una de entre muchas que haya podido traer a su casa. Estaba claro que esa mujer no esperaba que Ryan estuviese acompañado de una mujer; lo he notado. Quizás Ryan esté siendo sincero al decir que no ha estado con nadie desde la muerte de su esposa. Quizás todo esto sí que sea lo que dice.

Me he acabo las tortitas y respiro profundamente por la nariz mientras mastico el último bocado, intentando calmar mis nervios. Me bebo el último trago de zumo y es como si Ryan hubiese estado esperando con impaciencia, porque en cuanto lo hago se pone en pie.

—Bueno, parece que te han gustado —dice con una sonrisa en la voz. Tiene razón; me han gustado, pero supongo que ya sabe lo buenas que estaban las tortitas. Es imposible que alguien viva en una casa con una cocinera capaz de hacer tortitas como estas y no pedirlas de manera habitual—. ¿Estás lista para ver el resto de la casa?

Asiento con la cabeza y Ryan marcha en la dirección por la que hemos llegado.

—Dejaré que explores el resto de la planta baja mañana. Tendrás tiempo de sobra para familiarizarte con la distribución y tendrás vía libre para ir a cualquier sitio de la casa y del terreno con excepción de mi despacho.

Una parte ligeramente subversiva de mí siente el súbito deseo de encontrar su despacho y rebuscar entre todos sus secretos. Estoy bastante segura de que probablemente no haya nada interesante más allá de los tratos financieros y de negocios que pueda tener Ryan, pero el simple hecho de que no quiera que posea información al respecto hace que me resulte mucho más intrigante.

Lo sigo mientras sube por las escaleras con la sensación de estar en el castillo de la Bella y la Bestia. La escalera no es un simple medio con el que moverse entre los distintos pisos, sino que es una estructura de proporciones épicas. La barandilla está hecha de madera tallada con diseños intrincados y está tan pulida que casi parece un espejo. La alfombra es gruesa bajo mis pies, y la lámpara que cuelga sobre nuestras cabezas resulta imponente. Me siento pequeña e insignificante, como si no fuese digna de estar subiendo estos escalones tras un hombre que avanza con confianza, y me pregunto si Ryan ha dudado de sí mismo en algún momento de su vida.

—En este piso están las suites de invitados y algunas otras habitaciones que no te servirán de mucho. —Pasamos de largo por el segundo piso y sigo subiendo por las escaleras, imaginándome que voy a acabar encerrada en el ático. Eso sí que sería digno de un cuento de hadas—. En este piso está mi despacho, mi gimnasio, mi suite y una habitación que será la tuya durante tu estancia. —Ryan me lleva por el pasillo más ancho que he visto en mi vida, pasando frente a unos cuadros preciosos colgados de manera intermitente y unas hermosas esculturas colocadas de manera estratégica para aprovechar al máximo la luz que se cuela por las gigantescas ventanas. Me dan ganas de detenerme y admirarlo todo, pero Ryan sigue caminando como si no viese nada, cada paso acelerado por su impaciencia. Me pregunto si vive toda su vida así. Cuando una persona se concentra tanto en su objetivo, a menudo se olvida de detenerse de vez en cuando para disfrutar del viaje. Me arrepiento de muchas cosas en mi vida; hay tantas cosas que podrían haber sido distintas, pero en su momento me juré a mí misma que nunca dejaría de detenerme para disfrutar del aroma de las rosas. Siento el impulso de ponerle la mano en el hombro a Ryan y decirle que él tiene que hacer lo mismo, pero no soy quién para hacer algo así. Al menos no todavía.

Llegamos a la puerta que hay al final del pasillo y Ryan la abre de par en par.

—Aquí es donde dormirás mientras estés aquí —dice.

Entro y el corazón me da un salto. La habitación está decorada a la perfección, con las paredes de un tono azul que me recuerda al mar y en la cama unas sábanas preciosas con unos cuidadosos detalles de encaje y cojines suficientes para diez personas. Me giro y me encuentro un fantástico diván de color crema y una estantería en la que hay pequeños objetos decorativos expuestos que sé que deben de haber costado una fortuna en alguna tienda elegante.

Me siento como una indigente a la que han metido en la habitación de una princesa. Me siento desubicada. Y entonces me percato de que mi mochila está sobre la cómoda y todo pasa a ser real. Voy a vivir aquí durante un mes. Voy a dormir en esta cama, me maquillaré en este tocador y me ducharé en el asombroso baño que Ryan acaba de revelar y que se ocultaba tras una puerta que tiene un espejo que llega desde el techo hasta el suelo.

—¿Te parece bien? —me pregunta con seriedad, y me dan ganas de echarme a reír. No me puedo creer que sea una pregunta seria. ¿Quién demonios contestaría que no le parece bien? ¿Acaso hay alguna persona en todo el mundo a la que no le gustaría quedarse en esta habitación, en esta casa?

—Es perfecta.

Ryan parece complacido. Nos quedamos allí de pie por un momento, yo esperando a que diga algo más y él quizás haciendo lo mismo. Ryan mira hacia la ventana cuando ninguno de los dos dice nada.

—Estaré en mi despacho. Siéntete como en casa.

Asiento con la cabeza y se marcha, cerrando la puerta a su espalda, y es entonces cuando empieza la diversión.

8

RYAN

Oigo música proveniente de su habitación. No suena lo bastante fuerte como para que pueda estar seguro, pero juraría que está escuchando la canción «Girls Just Want To Have Fun». Nunca habría pensado que fuese fan de Cindy Lauper, pero supongo que es una canción que ponen lo suficiente a menudo en la radio como para que todo el mundo la conozca.

Ojalá pudiese ver lo que está haciendo. Me la imagino bailando y cantando con el cepillo a modo de micrófono. En mi mente va vestida con unos pantalones de pijama rosas y cortos y un top escueto, con el cabello suelto y ondulado mientras canta con enfado y pasión en la voz.

Mi despacho nunca me ha parecido más aburrido o agobiante, y nunca he ansiado menos estar aquí dentro de lo que lo ansío en este momento.

La música se interrumpe y afino el oído para ver qué pone ahora pero, en lugar de música, oigo una puerta abriéndose y el suave sonido de unos pies sobre la alfombra.

—Ryan. —La voz de Jessie es tímida, como si le preocupase que no responda de manera positiva al hecho de que me esté buscando. Le he dicho que mi despacho queda prohibido, y no quiero que me vea rompiendo esa norma tan pronto. Aquí dentro hay demasiadas cosas que prefiero que no vea.

Salgo al pasillo y me la encuentro vestida con un pijama de aspecto suave y color gris claro con bordes de encaje color crema. La tela le cubre las curvas y el cabello, rubio y suelto, le cae en cascada sobre los hombros. Jessie parece una combinación de una chica normal y corriente y una modelo de Victoria's Secret y, por un momento, no sé qué decirle. Uno no se encuentra todos los días con la clase de belleza inocente que posee, y desde luego no es lo que uno se esperaría de alguien que se dedica a lo que ella se dedica. Jessie debería ser dura. Debería ser sexy y descarada, pero no lo es.

De haberla conocido en el instituto, habría sido la clase de chica con la que hubiese querido salir.

—¿Necesitas algo por mi parte? —me pregunta. Veo cómo se le sonrojan las mejillas al decir eso, y sé que seguramente le haya costado bastante salir para preguntármelo.

No voy a decirle que no porque, a fin de cuentas, la he traído por una razón. Necesito eso que puede darme, lo que ha accedido a entregar cuando ha aceptado el dinero. Si le digo que no, solo lograré que mañana me resulte más difícil decir que sí. Si le digo que no, Jessie se preguntará qué es lo que le espera durante el próximo mes. Necesito que las cosas queden claras para ambos.

La llevo hacia mi suite, cerrando la puerta con suavidad a nuestra espalda y sentándome en mi sillón Chesterfield.

Jessie se queda de pie, examinando el dormitorio de reojo, y me pregunto qué debe de pensar de él. Hice que lo redecorasen tras la muerte de Corina y ahora es una habitación masculina con madera oscura, cuero tostado y marrón y una cama grande con sábanas blancas. Aprovecho que su atención está puesta en otras cosas y me tomo un momento antes de decirle lo que quiero.

—Quítate la ropa, Jessie. —Mi voz es grave y ronca, y mi pene se estremece al pronunciar esas palabras. Hay algo terriblemente excitante en el hecho de decirle a una mujer lo que debe hacer. No lo digo de manera misógina, aunque seguramente sea así como suena; si fuese ella quien me diese órdenes a mí, también me gustaría. Se trata de saber lo que quieres y de no tener miedo de ir a por ello, del escalofrío que siente en ese momento en el que la orden pende en el aire y la persona a la que se le ha ordenado decide qué va a hacer.

Jessie podría negarse. Veo cómo parpadea lentamente mientras procesa lo que le he dicho. Cada día hace lo que le he pedido frente a varios hombres, así que no es ni nuevo ni sorprendente, pero me pregunto si se le antoja como algo distinto al hacerlo para mí, lejos de su ambiente de trabajo, lejos de un lugar que tiene reglas y personal de seguridad para mantenerla a salvo. Las normas del local seguramente me prohibirían que la tocase, pero aquí no hay regla alguna más allá de los propios límites que pueda tener Jessie.

No me mira mientras desliza uno de los finos tirantes del camisón por la curva redondeada del hombro; mantiene los ojos fijos en la mano que está llevando a cabo mi petición, como si la viera como algo que la ha traicionado. La parte superior de su pecho derecho queda expuesta y me humedezco los labios; toda ella parece tan suave y cálida. Podría hundir el rostro entre sus pechos e inhalar. Me imagino que huele a vainilla y a algo suave y floral. Su otra mano se centra en el otro tirante, tras lo cual la prenda le resbala hasta la cintura.

Tiene un cuerpo precioso. No es perfecto como el de las imágenes retocadas que publican en las revistas para hombres, y es precisamente eso lo que hace que quiera seguir mirándola. Sus pechos son naturales, con forma de lágrima y un ligero rastro de pecas, y los pezones tienen un tono sonrosado. La boca se me hace agua cuando se le endurecen por la frescura de la habitación.

Jessie se baja el camisón al mismo tiempo que se quita los pantalones. Su estómago tiene una ligera curva, tal y como recordaba de verla en el club, y tiene las caderas anchas y los muslos fuertes. No lleva ropa interior, así que distingo por primera vez el vello que tiene entre las piernas, tan rubio como su cabello y cuidadosamente recortado. Ahora estoy completamente erecto y me ajusto dentro de los pantalones con descaro. Jessie no me está mirando a los ojos, pero sé que lo ha visto. Deja caer todas sus prendas al suelo y, solo entonces, alza los ojos hacia mí.

Nada de lo que ha hecho ha sido sexy ni actuado, no del modo en que lo habría hecho de estar en el club. Es como si, ahora que está lejos de ese ambiente, estuviese mostrando su verdadero yo, y eso me gusta todavía más.

Y sus ojos… Son expectantes, aunque quizás guarden una pequeña sombra de miedo.

—Date la vuelta —digo. Jessie lo hace poco a poco, apoyando ligeramente su peso en una pierna de un modo que vuelve el movimiento increíblemente sexy. Mis dedos ansían apretar la firmeza redondeada de sus nalgas, pero eso no ocurrirá esta noche—. Acércate —le digo. Jessie se mueve, manteniendo los hombros rectos hasta que está de pie justo delante de mí. Me inclino hacia delante hasta que mi rostro está a tan solo unos centímetros de su estómago y se le pone la piel de gallina cuando mi respiración la roza. Respiro profundamente, inhalando el aroma de su piel.

Espero notar alguna fragancia, pero lo único que hay es su propio aroma embriagador. Le tiembla el estómago y mueve ligeramente los pies, como si esperara que la tocase.

Y quiero hacerlo. Dios, vaya si quiero.

Podría deslizar las manos por la cara interna de sus muslos y tocarla allí donde sé que le daría tanto placer. Podría besarle el estómago y descender con la boca hasta saborearla. Podría hacerlo porque le he pagado y Jessie me lo permitiría.

Pero no lo hago.

—Puedes volver a tu habitación —digo.

Sus ojos destellan con algo que parece una mezcla de dolor y alivio. ¿Acaso se siente rechazada? Esa no era mi intención.

Me gusta conseguir aquello que deseo. Estoy acostumbrado a hacerlo, pero no quiero que esto nos resulte fácil a ninguno de los dos.

Jessie se gira y se inclina para recoger el pijama. Oh, joder; por un segundo veo una zona sonrosada que hace que el pene casi me dé un salto entre las piernas. Jessie debe de ser consciente de lo que me está dejando ver, y eso me excita todavía más. Menuda mujer; es como una mezcla perfecta entre atrevida y buena chica. Inocencia con una dosis de zorrita. ¿Acaso existe una combinación mejor?

—Buenas noches —dice mientras sale de mi habitación, y me fijo en que prefiere arriesgarse a que la vea el personal de la casa antes que vestirse delante de mí. Ese pequeño detalle me interesa mucho.

—Buenas noches, Jessie. Espero que duermas bien.

Y tras eso se marcha y yo vuelvo a quedarme solo pero, por primera vez en mucho tiempo, me siento vivo.

9

JESSIE

Dios mío.

El corazón me late con fuerza mientras estoy de pie en mi habitación con la espalda contra la puerta y la ropa en las manos. ¿Qué es lo que acaba de pasar?

La manera en la que me ha mirado, tan fría, tranquila y dominante.

El modo en que ha sonado su voz...

Tengo la entrepierna húmeda por el simple hecho de haber estado desnuda frente a él. Simplemente por haber tenido su rostro cerca de mi cuerpo desnudo.

Tan cerca que podía ver las pequeñas arrugas que le rodean los ojos y que me dicen que se ha reído mucho a lo largo de su vida. Ahora se le ve tan serio que casi me cuesta imaginarlo, pero antes debía de reírse.

Las manos me temblaban por el deseo de tomarle la cara y apretar sus labios contra mi piel. Quería que me tocase, quería que me ordenase que hiciera cosas que no he hecho en mucho tiempo. Quería la libertad de hacer todo lo que me pidiese sin que me quedara más elección que obedecer. Su voz es todo lo que necesito oír para ceder.

Oh, Dios. Me siento en el borde de la cama y escondo el rostro entre las manos. Noto la piel de las mejillas más caliente que la del resto de la cara, sonrojadas por la vergüenza y la excitación.

Empiezo a ponerme otra vez el pijama, pero cada movimiento hace que sea consciente de lo excitada que estoy.

No entiendo por qué me ha dicho que me fuera. ¿Acaso le gusta retrasar el placer? Encajaría con su perfil de mandón controlador. ¿O acaso le pasa algo? ¿Es posible que sea físicamente incapaz de tener sexo? Es una posibilidad. A menudo tras un duelo a la gente le cuesta conectar de manera emocional y física. A mí me pasó, pero para las mujeres es ligeramente distinto; lo que nos hace falta es sentir el momento a nivel mental, y nuestros cuerpos suelen reaccionar de manera acorde. Para los hombres es su cuerpo el que tiene que participar.

Echo algunos de los cojines al suelo y me deslizo bajo las sábanas. La cama es tan cómoda que casi me arranca un gemido; lo bastante suave como para hundirme un poco en ella, pero lo bastante firme para respaldar mi cuerpo a la perfección. Las sábanas están tirantes pero caldeadas, y en un lateral de la cama hay un soporte con una tableta que controla todos los aparatos eléctricos del dormitorio. Así es como he puesto antes música, y ahora la uso para apagar las luces.

La casa es más silenciosa de lo que me esperaba. Desde luego debe de haber personal yendo de un lado para otro, preparándolo todo para mañana, pero en el tercer piso todo está la mar de tranquilo. Afino el oído en un intento de oír a Ryan moviéndose en su suite, pero no oigo nada.

Supongo que es posible que la casa esté insonorizada, pero una parte de mí cree que es porque Ryan todavía sigue sentado en ese sillón.

¿Qué estoy haciendo aquí?

El próximo mes se extiende frente a mí. No se me dan bien las situaciones en las que hay incerteza. Cuando Jackson murió, me vi sumida en una situación en la que todo tenía que cambiar, y ahora me encuentro de nuevo en un mundo de cambios que, aunque son por una buena razón —dinero—, no me hace sentir mejor.

Solo hay una cosa de la que estoy bastante segura, y es que Ryan no supone un peligro para mí. Puede que sus intenciones no estén nada claras ahora mismo, pero no tengo miedo de que me haga daño. Parece sentirse solo. Quiere una compañera, y esa palabra implica que quiere compañía, una amiga que además sea algo más. Es un hombre con más dinero del que necesita, pero le falta aquello que necesitan todos los seres humanos: alguien con quien compartirlo.

La vida no vale la pena sin gente.

El dinero no compra la felicidad. Es un factor higiénico, algo sin lo que en realidad no podríamos vivir porque necesitamos sustento físico y refugio, pero sin una conexión nos sentimos perdidos.

Tengo que hablar con Holly. Mi hermana tiende a preocuparse si no puede hablar conmigo al menos una vez por semana. La quiero muchísimo, y hablar con ella siempre se me hace difícil porque hay muchas cosas en mi vida que no sabe y que no me veo capaz de contarle. Ya tiene suficiente con Daniel y sus problemas de salud, así que solo le cuento tonterías: historias de personas que veo en el supermercado o por la calle, o cosas que he visto en Facebook de gente de nuestro pueblo. Le pregunto muchas cosas sobre su vida y, como Holly está tan ocupada, no le cuesta nada llenar los vacíos de nuestras llamadas. Me pregunto si se habrá dado cuenta de que en realidad no sabe nada de mí.

Creía que me iba a costar dormir, pero debo de caer dormida con rapidez porque de lo siguiente que soy consciente es de que están llamando a la puerta y de que hay luz al otro lado de las cortinas. Me apresuro a salir de la cama con los ojos abiertos a duras penas y voy directa hacia la puerta. Al otro lado está misma mujer de ayer y sostiene una bandeja de desayuno entre las manos.

—Me han pedido que se la traiga. El señor ha indicado que esté lista para las diez y que se ponga ropa elegante pero informal. Por favor, siéntase libre de coger algo del armario.

Mira por encima de mi hombro en dirección a las puertas que hay en la esquina y que ayer se me olvidó comprobar. Me siento intrigada. Acepto la bandeja y la mujer me sonríe antes de marcharse.

Hay comida suficiente para alimentar a cinco personas, incluyendo una pequeña selección de pastas, una ensalada de fruta fresca, tostadas con unos pequeños tarros de mermelada, un revuelto de frutos secos y yogurt. Hasta hay tortitas y beicon en un plato idéntico al que me sirvieron anoche. Me siento algo intimidada. ¿Qué demonios voy a hacer con todo esto? Detesto tirar comida; cuando pasas por momentos en los que el dinero va tan justo que tienes que saltarte comidas, la perspectiva de tirar todo esto hace que se me haga un nudo en el estómago. Tendré que decirle a Ryan que solo quiero una cosa de desayuno, no veinte.

Las tortitas están calientes y su olor impregna la habitación. Dejo la bandeja en una mesa pequeña y me siento, sirviéndome café recién hecho en una preciosa taza de porcelana hecha con ceniza de hueso. Tomo un sorbo; es el café más delicioso que he probado nunca, pero debería habérmelo esperado. Después de todo, el dinero siempre compra lo mejor.

Elijo comer un poco de todo. Ya que está aquí, bien puedo disfrutar probando lo que Ryan me ha ofrecido. Más tarde me acerco al armario sintiéndome más llena de lo que suelo sentirme tras el desayuno. Casi tengo miedo de abrirlo. Si Ryan me ha dado tantas opciones de desayuno, a saber qué demonios me voy a encontrar ahí dentro.

Tiro de la puerta con indecisión y suelto un jadeo cuando se abre. No es un armario, sino un vestidor completo. En el centro hay un suntuoso asiento tapizado en terciopelo flanqueado por hileras de ropa y estanterías llenas de zapatos. Me adentro en el vestidor, rozando la suave tela de un vestido floral, unos tejanos preciosos y una blusa de seda. Aquí dentro seguramente haya más ropa de la que he tenido en toda la vida. Compruebo las tallas y todo parece encajarme a la perfección. Los zapatos me resultan más intrigantes; parece haber tres pares de cada tipo y, cuando los examino más de cerca, veo que son de distintas tallas. Supongo que le ha costado más adivinar qué talla de pie uso, lo cual me hace sonreír.

Tardo diez minutos en escoger algo que ponerme, y paso todavía más rato disfrutando de la fantástica ducha y los productos de lujo mientras intento relajarme. Me cuesta hacerlo cuando no tengo ni idea de lo que me espera en el día de hoy.

Una vez vestida y maquillada, me miro en el espejo para comprobar los cambios. Con esta ropa parezco más joven y delgada. Bueno, puedo afirmar que la ropa cara sí que marca una diferencia, especialmente cuando la ha elegido alguien con un gusto excepcional. La suave blusa de seda se me ajusta a la perfección y los vaqueros me abrazan las curvas como si fuesen una segunda piel. Todo eso sumado a las sandalias canela hace que me sienta como si fuese una estrella. Hasta hay una selección de bolsos a juego, así que elijo uno grande y holgado también de color canela y meto dentro la cartera, las llaves y una pequeña bolsa de maquillaje. En comparación con lo que ha puesto Ryan a mi disposición, todo lo que he traído parece viejo y deslucido. Me pregunto qué pasará con todo esto cuando me vaya. Quizás laven la ropa y la planchen para prepararla para la siguiente «compañía». Pensar en eso me deja con una sensación de vacío.

Salgo al pasillo, ya preparada, y me detengo frente a la suite de Ryan antes de decidir que me reuniré con él al pie de las escaleras. Quiero pasar un rato explorando si es posible pero, al llegar a la planta baja, me lo encuentro de pie junto a la puerta. Dios, qué guapo es. No es perfecto como lo son los modelos, pero sí muy masculino. Su belleza está en todo lo que hace: el modo en que mantiene los hombros rectos, la manera en que se mueve, lo observador y reservado que es.

No me sonríe, pero sus ojos parecen fijarse en todo.

—Buenos días —lo saludo, intentando sonar relajada. Todo esto me resulta tan incómodo.

—Estás espectacular —me dice e, inexplicablemente, eso hace que el corazón se me hinche en el pecho. Debo de estar muy falta de cariño, porque oír un cumplido de labios de alguien cuya opinión parece importarme de verdad se me hace crucial.

Sonrío con nerviosismo, sintiendo cómo las mariposas que tengo en el estómago enloquecen.

—¿Qué vamos a hacer hoy?

—Vamos a dar una vuelta en coche y después te llevaré a comer.

Parpadeo; casi parece que Ryan me está llevando a una cita. Ni siquiera es fin de semana; ¿acaso no tiene que trabajar?

—Suena bien —contesto.

Ryan abre la puerta y veo que fuera está el deportivo más espectacular que he visto nunca. Es un coche bajo y elegante con aspecto de ser capaz de volar. Y es descapotable.

—Vuestro carruaje os espera —dice con tono bromista. Espero que sepa conducir esa cosa.

Descendemos los escalones de la entrada y Ryan me abre la puerta del copiloto. Entrar en el coche resulta difícil por lo bajo que es y, una vez dentro, tengo la sensación de estar en una nave espacial. El motor cobra vida con un rugido.

—¿Qué clase de coche es? —pregunto, principalmente por sacar un tema de conversación.

—Es un Porsche 918 Spyder —contesta mientras nos alejamos de la casa—. ¿Te gustan los coches?

—Supongo que sí, o como mínimo me gusta admirarlos. Ha pasado mucho tiempo desde que tuve coche propio.

—¿Qué conducías? —me pregunta, y me sonrojo ligeramente por la vergüenza.

—Un viejo Corolla. Adoraba ese coche.

Veo cómo se le dibuja una ligera sonrisa.

—Yo también solía conducir un Toyota. Son coches magníficos.

Emito un sonido que espero que suene incrédulo.

—Sí… pero no tan magníficos como un Porsche.

Ryan se encoge de hombros.

—Resulta divertido conducirlo —dice—. Pero no tengo

mucho tiempo para hacerlo, y no me gusta tenerlo aparcado en el garaje así sin más.

—Sí, parece que tienes muchos coches.

Se le ve algo avergonzado.

—Son mi debilidad.

—Supongo que te lo puedes permitir. —No pretendo sonar sarcástica pero, nada más decirlo, soy consciente de que así es como ha sonado.

Ryan guarda silencio mientras ponemos rumbo a la costa con música como única compañía. Estoy enfadada conmigo misma; no quería parecer que siento envidia o que lo juzgo, pero eso es lo que ha parecido. No conozco la historia de Ryan, no tengo ni idea de quién es ni de dónde proviene. ¿Que si creo que gastarse una fortuna en coches cuando hay gente en el mundo que se muere de hambre es correcto? No, en realidad no, pero Ryan bien podría ser también un gran filántropo. Y, de todas formas, me ha pagado por mi tiempo, así que debería esforzarme por alimentar su ego y hacerle sentir bien. Como mínimo debería ser educada.

—Hubo una época en que ni siquiera podía permitirme ir en autobús —dice de repente.

No me esperaba una confesión, y tengo la sensación de que le he obligado a decirme algo que quizás no quisiera compartir conmigo.

—Perdona si lo que he dicho antes ha sonado mal —le digo—. No era lo que pretendía.

—Hubo una época en que mi madre pasaba hambre para que yo pudiese comer. —Es como si ni siquiera me hubiese oído.

—Lo siento —repito.

—Hubo una época en que no le decía a mi madre que

los zapatos me iban pequeños porque sabía que el único modo de conseguir unas zapatillas nuevas era si ella tomaba decisiones que nadie debería verse obligado a tomar.

—No tienes por qué contármelo.

—Lo sé. —Suena algo enfadado, como si hubiese dicho algo que lo cabrease. Esto no está yendo bien—. No hago nada que no quiera hacer, Jessie. Todo lo que hago es porque he elegido hacerlo.

Ahí está otra vez su lado mandón.

—De acuerdo.

—Me he ganado hasta el último centavo con sangre, sudor y lágrimas.

—Lo entiendo, Ryan.

—¿De verdad?

—Sí. Yo también he sangrado, he sudado y he llorado.

Eso parece cerrarle el pico, y me alegro porque, si vamos a pasar veintinueve días discutiendo, cincuenta mil dólares no serán suficientes.

La costa serpentea frente a nosotros y las vistas son espectaculares. El océano Pacífico ruge bajo nosotros mientras seguimos los acantilados durante lo que parecen kilómetros. Ryan conduce demasiado rápido; sujeta el volante con tanta fuerza que tiene los nudillos blancos. Me aferro al borde de mi asiento y respiro lentamente y de manera uniforme en un intento de mantener la calma. Por fin llegamos a un mirador y Ryan se detiene en él. Hay otros dos coches y alguna gente caminando por la zona, y todo el mundo se gira para mirar el coche. Ryan parece no darse cuenta, abriendo la puerta de golpe, cerrándola de un portazo y marchando a grandes pasos hacia mi lado del coche.

Incluso cuando está enfadado sigue comportándose como un caballero.

Me ofrece la mano y me saca del coche, y cuando trastabillo por los tacones me sujeta por los codos para ayudarme. Acabamos el uno muy cerca del otro; siento su respiración en el rostro.

—Lo siento —dice al fin—. No quiero pelearme contigo, Jessie. ¿Podemos volver a empezar?

—Sí —digo en voz baja, sorprendida por su disculpa.

—Bien. —Extiende el brazo y me coge la mano, llevándome hasta la parte más alta del acantilado, donde hay un asiento libre.

Sentarse allí y mirar el mar sin más es precioso. Los pájaros revolotean sobre el agua y sus gritos resuenan sobre el sonido de fondo de las olas rompiendo.

—No sé qué es lo que tiene el mar —dice Ryan, extendiendo las piernas. Lleva unas botas negras y completamente nuevas, y los tejanos son de un azul oscuro. Todo en él es inmaculado.

—A mí también me gusta mirarlo —contesto—. Es el sonido; es tan relajante.

—Sí, pero es más que eso. —Me giro para mirarlo, esperando que se explaye—. Es su infinidad. Es el hecho de que ves un final, el horizonte, pero en realidad el mar sigue y sigue.

—Es algo parecido a la vida —digo.

Ryan sonríe.

—Exacto. Solo hay una certeza, y es que todos moriremos.

Asiento con la cabeza. Es un hecho que seguramente esté más presente en mi mente de lo que lo está en la mente de la mayoría de las personas, y Ryan probablemente sea como yo por aquello que ambos hemos vivido.

—Pero no es en la muerte en lo que tenemos que pensar —digo—. Cuanto más piensas en ella, menos capaz eres de vivir de verdad.

Ryan asiente.

—Así que tenemos que mantener el hecho de que vamos a morir más allá del horizonte.

—Sí. Y, si no es ahí donde está, tenemos que empujarlo hasta que lo esté —digo.

Unos niños se ríen cerca de los coches y me giro para ver cómo una familia se mete en una camioneta. El padre y la madre parecen cansados de ese modo en que suelen estarlo los padres de niños pequeños. Hubo una época en la que deseé tener niños, pero no estaba destinado a ocurrir, y ahora ya no estoy tan segura de quererlos. No logro imaginarme amando a alguien lo suficiente como para llegar a ese punto. La vida me parece tan frágil.

—¿Lo has empujado ya hasta ahí, Jessie? —me pregunta Ryan. A juzgar por el modo en el que lo dice, es como si esperase que conteste que sí, como si ansiase creer que puede hacerse.

—No lo sé —le digo con sinceridad—. Ya no vivo mi vida pensando que podría morir en cualquier segundo, pero el miedo no ha desaparecido del todo.

—¿Qué quieres decir?

—Bueno… —Hago una pausa, intentando poner en orden mis pensamientos. Esta conversación parece importante y no quiero elegir las palabras erróneas. Quiero que Ryan lo entienda.

—No hace falta que me lo digas si es demasiado

personal —dice.

Asiento con la cabeza, apreciando el detalle.

—Quería tener niños —digo—. Antes de que mi marido muriese, estuvimos intentándolo. —Se me hace un nudo en la garganta e intento tragármelo antes de seguir.

—Lo siento.

—Ahora no sé si podría soportarlo —digo—. Supongo que es como cuando eres pequeño. Caminas y corres sin miedo porque nunca te has caído pero, tras la primera vez que te haces daño de verdad, caminas y corres con la posibilidad de que puedes hacerte daño siempre presente.

—¿Y así es como te sientes?

—Sí. Perder a mi marido fue muy duro, pero perder una parte de ti mismo, a un hijo… Sé que no podría sobrevivir.

Aparto la vista; no quiero que Ryan vea que se me han llenado los ojos de lágrimas. Siento la calidez de su piel cuando me coge la mano; es la caricia más tierna que he sentido en mucho tiempo, y logra que se me escape una lágrima.

—La gente sobrevive incluso a las cosas más difíciles, Jessie.

Sacudo la cabeza. Sé que tiene razón, pero también sé lo que siente mi corazón.

—Pero ciertas cosas son demasiado, Ryan.

—Sí.

—¿Tienes miedo de la muerte? —le pregunto. Si vamos a tener una conversación tan profunda como esta, no voy a ser la única que responda a preguntas.

—Sí —admite—. Supongo que en realidad lo que temo no es la muerte, sino el proceso de morir. Perder el control. Saber lo que va a pasar y quedar mermado. Hacer daño a otros con mi muerte.

—Pero todo eso forma parte de ello —le digo.

—No tiene por qué —contesta. Estoy a punto de preguntarle a qué se refiere, pero de repente me suelta la mano y se pone en pie—. ¿Tienes hambre?

Aunque he comido demasiado en el desayuno, me siento lista tanto para almorzar como para cambiar de escena.

—No me importaría comer.

—Voy a llevarte a un sitio —dice. No sé cómo lo consigue, pero siempre logra que hasta la frase más corta suene excitante.

—Vale. —Volvemos al coche y me pongo el cinturón. Ryan parece menos preocupado y la música que elige es más animada.

—¿Dónde te criaste? —le pregunto.

—En Boston.

—Pero no tienes acento. —Me imagino lo distinto que podría ser si tuviese un verdadero acento sureño como Ben Affleck en *Good Will Hunting*. Hay algo sexy en la brusquedad con la que hablan por esa región.

—Me esforcé mucho por perderlo —dice.

—¿Por qué?

—Porque la gente no cree que los hombres con esa clase de acento puedan llegar a ninguna parte, Jessie.

—Eso es tener muchos prejuicios.

—El mundo tiene muchos prejuicios.

—¿Así que te fuiste y cambiaste tu acento?

—Sí. Y fui a la universidad, me uní al grupo adecuado,

me aseguré de impresionar a la gente correcta, y tuve suerte.

—A mí no me parece que haya sido suerte. Suena más bien a trabajo duro y dedicación.

Parece que le gusta lo que digo, pero no lo estoy diciendo para halagarlo. Si todo lo que me está contando es verdad y ha convertido su vida en un triunfo a pesar de no contar con una familia que le echase una mano, siento un respeto inmenso por él.

—¿Y tú, Jessie?

—Crecí en el lado opuesto de la ciudad al que vivo.

—¿Y estabas casada?

Asiento con la cabeza, ya que hablar de esa época de mi vida todavía es como si me clavasen una daga en el corazón.

—¿Y ahora trabajas en el *Kitty Cat Club*?

No creo que pretenda sonar tanto como un capullo que me está juzgando, pero escuece de todas formas. Aquí estoy yo, halagándolo mientras él intenta averiguar cómo he podido caer tan bajo.

—Así es —digo simplemente.

—¿Por qué?

—… Prefiero no hablar de eso. —Ryan no necesita saber que Jackson me dejó deudas que ningún trabajo normal podría pagar.

—¿Preferirías no trabajar ahí? —Este hombre no sabe cuándo cambiar de tema.

—¿Tú qué crees, Ryan? No es precisamente un trabajo con el que sueñen las niñas pequeñas.

—A algunas mujeres les gusta.

—Puede. Y también puede que no les guste por las razones adecuadas.

Parece que Ryan va pisando más y más el acelerador a medida que prosigue esta conversación. La carretera tiene curvas suficientes como para que el coche se mueva como una serpiente sobre el asfalto.

—Todos hacemos lo que hacemos por dinero —dice.

—Pero existe una gran diferencia entre usar la mente o usar el cuerpo.

—¿De verdad? Al final todos intercambiamos nuestro trabajo por dinero.

—No puedes estar sugiriendo en serio que el intercambio de trabajo por dinero que realiza un contable es el mismo que el que hace una stripper.

—¿Por qué? ¿Porque crees que una stripper tiene que entregar más de su persona de lo que entrega un contable?

—Sí… Expone su cuerpo para placer de otros.

—¿Y si el contable tiene que falsificar números para mantener su trabajo? ¿Y si sabe que su cliente está evadiendo impuestos que debería pagar, pero lo presionan para que mantenga a esos clientes en la empresa? Él también tiene que comprometer su moralidad y sus valores.

—Supongo que sí, pero es un ejemplo bastante extremo.

—La vida no es blanco y negro, Jessie. Todos tenemos que hacer cosas que normalmente no haríamos con tal de poder avanzar a la siguiente parte de nuestras vidas.

—Sí —digo, tan cabreada como interesada con mi nuevo jefe—. ¿Qué has hecho tú, Ryan?

Me mira de reojo, apartando la atención de la carretera

durante más tiempo del que me gusta. Sus ojos se clavan en los míos, de un gris oscuro e intenso.

—Trabajé para un hombre que sabía que estaba metido en cosas malas de verdad. Encontré pruebas que lo habrían metido entre rejas durante el resto de su vida, pero mantuve la boca cerrada para proteger mi reputación.

—¿Y te gustaría no haberlo hecho?

—Si no hubiese habido ninguna consecuencia por denunciarlo, lo habría hecho al instante. Todos tenemos que sopesar qué estamos dispuestos a hacer para avanzar en la vida. A veces acabamos haciendo cosas que nos sorprenden, cosas que jamás nos hubiésemos creído capaces de hacer.

—Sí —digo.

—Tú nunca planeaste trabajar en el *Kitty Cat Club*.

—No.

—Pero lo haces porque tienes razones para ello.

—Sí.

—No te juzgo, Jessie. Haces lo que tienes que hacer con elegancia y clase; eso te convierte en alguien digna de respeto y admiración.

Sujeto el bolso con fuerza y lo pegó a mi cuerpo; esta conversación hace que me sienta más expuesta de lo que lo estuve anoche ante él. Al parecer, con Ryan no existen las conversaciones intranscendentes, solo las que escarban en tu interior y te dejan sintiéndote desnuda y en carne viva.

Ryan me admira.

No resulta fácil aceptarlo, especialmente bajo las circunstancias en las que vivo. Hay días en los que yo no me admiro en absoluto. Intento mantenerme fiel a quien soy, pero resulta tan difícil. Y, si acepto lo que me está diciendo, ¿acaso cambiará lo que siento por la situación en la que estoy?

Estoy pensando en qué demonios puedo decir a continuación cuando Ryan gira a la izquierda y nos detenemos frente al restaurante más asombroso que he visto nunca. Estoy a punto de ver cómo come un rico.

10

RYAN

La hostia. Menuda mujer. Lo tiene todo: belleza, inteligencia, y no tiene miedo de decir lo que piensa. Son características que nunca había encontrado en una mujer.

Sabía que había sentido una conexión con ella desde el primer momento en que la vi, pero eso había sido algo superficial, y ahora cada momento que paso con ella parece desvelar más cosas que me gustan de su persona. Esto empieza a ser un problema considerable.

Me detengo frente a mi restaurante favorito, un restaurante con vistas al mar, y el aparcacoches corre para cogerme las llaves. Este chaval adora mi coche; abre los ojos como platos, como si acabasen de juntarse todas las Navidades de su vida, pero en su expresión también veo miedo. Conducir un coche valorado en un millón de dólares, incluso si es tan solo por un momento, tiene que ser una perspectiva aterradora para un tipo que gana diez dólares la hora. Saco la cartera y le tiendo un puñado de billetes.

—Condúcelo con el respeto que se merece —digo, y el chaval casi se pone a hiperventilar delante de mí.

—Sí, señor —dice.

Rodeo el coche y le abro la puerta a mi acompañante. Su cabello rubio destella bajo el sol de mediodía y sus pecas parecen más pronunciadas. Se pone en pie y mira a su alrededor, observándolo todo.

—Guau —dice en voz baja. Vuelvo a mirar este lugar al que vengo siempre que estoy en la ciudad, y lo veo a través de una perspectiva nueva. Es mi restaurante preferido, y es espectacular; debe serlo para poder cobrar los precios que cobran. Adoro que Jessie no tenga miedo de expresar su asombro y deleite; Corina había estado tan acostumbrada a las cosas buenas de la vida que se habían convertido en algo que esperaba, no algo que debía apreciarse.

—Deja que te enseñe cómo es por dentro —digo, poniéndole la mano en la base de la espalda y guiándola suavemente hacia la puerta.

Las vistas son lo primero que nos recibe al entrar. Las ventanas ocupan toda la pared, ofreciendo una imagen fantástica, y la decoración es blanca y minimalista para no hacerle competencia. El maître me da la bienvenida llamándome por mi nombre y nos acompaña a la mejor mesa que tiene le restaurante. Noto cómo Jessie respira profundamente al ocupar su asiento.

—¿Estás bien? —le pregunto. ¿Quizás se deba a la manera en que conduzco? Puede que se haya mareado.

—Es que es tan bonito —responde, sacudiendo la cabeza como si no lograse creérselo del todo.

—Espera a probar la comida.

El camarero llega con agua helada y una cesta de atractivos bollitos artesanales. Jessie mira el menú como si no tuviese ni idea de qué pedir, y sé cómo se siente.

Resulta difícil decidir entre todas las fantásticas opciones que hay disponibles.

—¿Te gusta la langosta? —pregunto. Sería una buena opción si le gusta el marisco, y la sirven fresca.

—Nunca la he probado —dice, avergonzada.

—¿Te gustaría hacerlo?

Asiente con la cabeza.

—Si a ti también te apetece.

Pido el plato de marisco de la casa; es una selección magnífica de marisco cocinado con sabores delicados que resaltan el sabor natural del mar. También le indico al camarero que nos traiga una botella del mejor vino que tengan. Mientras esperamos, Jessie se dedica a mirar por la ventana.

—Me siento como Cenicienta —comenta—. Como si hubieses llegado y me hubieses sacado de la casa de mi malvada madrastra para llevarme a un castillo.

—¿Me convierte eso en el Príncipe Encantador? —pregunto. Jessie se sonroja y sus ojos del azul del mar se encuentran con los míos.

—Supongo que sí. O quizás seas ese duque hilarante que intenta encontrar un pie que encaje con el zapato de cristal.

Me echo a reír, recordando la película de Disney que vi cuando era niño.

—Creo que prefiero ser el Príncipe.

Corto un bollito y lo unto de mantequilla.

—En fin, no estoy seguro de que me guste la idea de haberte rescatado. Creo que más bien es al revés.

Jessie parece sorprendida.

—¿Necesitas que te rescaten, Ryan? —pregunta.

—¿Tú qué crees, Jessie?

Toma un trago de agua y en ese momento el camarero llega con un pedazo de paraíso embotellado y con una temperatura perfecta. Jessie prueba el vino y sé que le gusta por el modo en que se pasa la lengua por el labio superior para atrapar un par de pequeñas gotas. Mis ojos quedan hipnotizados por el gesto; quiero besarla y saborear el vino en su boca.

—¿Podemos jugar al juego de las veinte preguntas? —me pide. Parece algo un tanto infantil, pero estoy intentando librarme de parte del aburrimiento de mi vida real. Quizás lo que debería estar haciendo sean precisamente cosas como esta.

—Mmm… no estoy seguro. ¿Cuáles son las normas?

—Podemos preguntar lo que queramos, y el otro tiene que responder. Si no responde, pierde la oportunidad de hacer cinco de las preguntas a las que tiene derecho.

—Guau… cinco. Es una norma muy estricta.

Jessie sonríe y se encoge de hombros.

—La sinceridad es la mejor estrategia, Ryan.

Pienso en todas las ocasiones en las que he descubierto que eso no es verdad.

—De acuerdo, me apunto. Las damas primero.

Jessie toma otro sorbo de vino con aspecto pensativo.

—Tu canción preferida.

—Guau… una pregunta difícil. —Tomo otra bocado del bollito mientras me exprimo el cerebro—. ¿No te parece que es imposible escoger solo una?

—Sí, pero tienes que hacerlo.

—De acuerdo. Si tuviera que escoger, sería *Wake up Time*, de Tom Petty.

—Vaya, es buena. —Jessie parece reflexionar al respecto mientras se come también un bollito. Me pregunto qué espera conseguir con estas preguntas. ¿Acaso cree que obtener algo de información sobre mis preferencias la ayudará a comprenderme mejor como persona? Pienso en las letras de la canción que he dicho; quizás sí que revelen algo sobre mí.

—Bueno, ¿y qué canción es tu preferida?

Arruga la nariz.

—Ya no soporto escuchar las canciones que antes adoraba. La música con la que crecí tan solo me recuerda... —Le falla la voz, pero comprendo que se refiere a su difunto marido—. Pero he oído una canción en la radio. Se llama *The Waitress Song*, y la toca un grupo llamado First Aid Kit. Tiene un toque country.

Nunca había oído hablar de ella, pero es una elección interesante.

—¿Eres una chica country en el fondo, Jessie?

Vuelve a sonrojarse.

—Puede que un poco. La música country tiene algo que logra plasmar muchos de los sentimientos que la vida me echa encima.

—Sí. Lo comprendo.

—¿Tu color preferido?

Sonrío; eso es fácil. Es el color de sus ojos. Se lo digo y Jessie se tapa la cara con las manos.

—Estás haciendo que me ponga como un tomate —se ríe.

—¿Y el tuyo?

—El color del mar en días de verano sin oleaje. ¿Comida preferida?

—La que estamos a punto de comer. ¿Lugar favorito?

—La playa. Cualquier sitio que esté cerca del mar. ¿Película favorita?

—*Doce hombres sin piedad.*

—Oh, Dios, es tan sombría —se ríe.

—Es una representación fascinante de cómo un único hombre puede influenciar a toda una sala con su manera de pensar.

—Ag… ¡Ahora entiendo por qué te gusta! ¿Es así como has llegado al éxito, Ryan? ¿Aprendiste a manipular a la gente? —su expresión es juguetona, así que lo dejo pasar.

—Creo que manipular es una palabra muy fea, Jessie. Ayudar a que la gente vea las cosas del modo correcto no es manipular, es altruismo.

Jessie pone los ojos en blanco.

—Eres un hombre muy seguro de sí mismo, ¿verdad?

—¿Es esa una de tus preguntas? —Asiente con la cabeza—. Supongo que sí, al menos en ciertas situaciones. Quizás en las que son importantes para triunfar.

—¿Pero no en todas?

—¡Eso es otra pregunta! —Jessie parece molesta, pero sonrío de todos modos—. No, no en todas, Jessie. No soy más que un hombre, y todos los hombres tienen inseguridades. Todos tenemos una voz en la cabeza que nos dice que no somos lo suficientemente buenos o que estamos tomando decisiones erróneas; lo único que hago es intentar ignorar siempre esa voz.

—Se te debe de dar muy bien —comenta.

—Puede. —Espero a que el camarero nos traiga la comida y la deje frente a nosotros. Jessie mira el marisco con nerviosismo—. No te preocupes —me río—. Yo me encargo de prepararlo. ¿Cuál es tu bebida preferida? —pregunto. Jessie me observa mientras extraigo la carne de las largas patas de cangrejo y de las pinzas de langosta.

—Té helado —contesta—. Con mucho limón.

Voy conociendo a Jessie mientras comemos. Voy descubriendo trozos de su historia poco a poco, y resulta que me gusta este juego que me ha sugerido. Comemos y disfrutamos de la comida y la compañía y, cuando ya nos hemos acabado la mitad del plato, tomo una decisión.

En cuanto acabamos de comer, besaré a Jessie.

Saborearé el vino en su boca y le mostraré cuál es mi pasatiempo preferido, aunque no ha llegado a preguntármelo.

11

JESSIE

Nos hemos pasado todo el día jugando a un extraño juego de tenis conversacional que me tiene confundida por completo. De camino al restaurante todo ha sido fricción y debates, pero una vez que hemos llegado a sido como si Ryan cambiase. No sé por qué pero, en el camino de regreso a la casa, me dan ganas de echarme a llorar. No esperaba que Ryan me gustase. Es atractivo y rico, pero ni el aspecto ni la riqueza definen a un hombre. Debe haber algo en su interior, un núcleo bondadoso y respetable, y la bondad y el ser respetable no son características que acostumbren a aparecer juntas. Es como si, cuando la vida es demasiado sencilla para alguien, el otro lado de la balanza quede completamente olvidado.

Pero Ryan no es así. Quizás se deba a que la vida no ha sido fácil para él; ha luchado por llegar a la cima, ha visto el lado más desagradable de los negocios y se ha visto obligado a comprometerse de maneras que le hacían sentirse incómodo. También ha sufrido la muerte de un ser querido. Es una lástima que esa pena y ese momento tan difícil de su vida sean elementos necesarios para acabar de hacer madurar a alguien, pero suele ocurrir.

He descubierto que Ryan me gusta mucho. Puede que sea porque mi corazón todavía está herido. Desde la muerte de Jackson tengo la sensación de que lo tengo inflamado, como una fruta demasiado madura que por fuera parece estar bien pero que está demasiado blanda como para tocarla sin dañarla. Que Ryan me guste no formaba parte del plan. Esto es un compromiso que durará únicamente un mes y sé que debo mantener las distancias porque, de lo contrario, no seré capaz de dejarlo atrás y lidiar con otro corazón roto. A pesar de lo difícil que se me hace, debo mantener una distancia profesional y recordar que todo esto no es más que una compañía temporal que adoptará la forma de lo que sea que Ryan necesite.

Entramos en la casa del mismo modo en que lo hicimos ayer, pero esta vez Ryan me coge de la mano mientras recorremos el pasillo. Me detengo y me mira fijamente, colocándome un mechón de cabello detrás de la oreja y acariciándome la mejilla. No logro mirarlo a los ojos, así que clavo la vista en algún punto por encima de su hombro.

—Ve a refrescarte y después ven a mi suite —me dice en voz baja.

Mi sexo se estremece de manera involuntaria; sus intenciones son más que evidentes. Quizás esto resulte de ayuda. Si pasamos a la parte más mecánica de nuestro acuerdo, quizás logre mantener algo de distancia emocional. Suena estúpido, porque sé que el sexo siempre ha sido algo muy emocional para mí, pero el modo en que Ryan se comportó anoche hace que piense que se mostrará frío durante el sexo. Espero que así sea.

—Claro —contesto.

—Ponte algo blanco. —Su rostro vuelve a adoptar ese gesto inexpresivo que parece usar cuando se habla de sexo.

—Vale.

Me deja a los pies de la escalera y subo a toda prisa, consciente de que él sigue ahí de pie y de que me está mirando. Una vez en mi habitación me desnudo, metiéndolo todo en la cesta de la ropa sucia, y voy directa a la ducha. No quiero pensar en esto. Sé que, si lo hago, me pondré a temblar, y no quiero que Ryan sepa que no puedo controlarme. Me enjabono lentamente, sintiendo el calor pesado de la excitación entre las piernas. Tengo los pezones endurecidos incluso bajo el agua cálida de la ducha.

El sexo me parece un recuerdo lejano, algo que hacía de manera muy habitual pero que ahora casi me parece una experiencia completamente nueva. Me pregunto cómo será Ryan, cómo será tenerlo dentro de mí, a qué olerá su piel. ¿Cómo me tocará? ¿Será más suave que Jackson, o lo hará con más urgencia?

¿Me gustará? ¿Le importará que yo también sienta placer, o se centrará en sí mismo?

Durante mucho tiempo tuve la sensación de que sentir algo por otro hombre era un error, que no estaría bien alejarme de mi esposo y de la vida que habíamos tenido juntos. En cierto sentido, he estado haciendo lo mismo que hacía Jackson: dejar mi vida en pausa hasta que llegue un momento que quizás nunca llegue.

Nunca me hubiese imaginado que daría este paso en concreto pero, sea por la razón que sea, Ryan me ha elegido.

El destino es un hijo de puta caprichoso.

Hay un cajón lleno de sujetadores y bragas blancas: de encaje, de seda, satén y con distintos diseños. Encuentro un juego bonito y bastante inocente. El que Ryan haya elegido el color me hace pensar que este es el aspecto que quiere que tenga. Hay un liguero a juego que me ajusto en los muslos, y las bragas son ajustadas y se aprietan contra mi carne sensible, haciendo que me estremezca. Cuando me toque, Ryan descubrirá que estoy mojada, y eso no me acaba de gustar, pero mi cuerpo sabe lo que quiere y se encargará de decírselo sin que yo tenga que pronunciar ni una sola palabra.

Saco un batín de seda para poder ir hasta su suite con algo de modestia.

Me noto la garganta seca como un desierto, así que me la aclaro antes de llamar a su puerta.

—Adelante —dice.

El corazón me late tan rápido y con tanta fuerza que noto sus latidos en las sienes. Abro la puerta poco a poco y me lo encuentro sentado en el mismo sillón que ayer. Tiene el cabello húmedo por la ducha y va vestido con menos formalidad pero igual de impecable que antes.

Cierro la puerta con cuidado y me coloco en el mismo lugar en el que estuve anoche. Mantengo la vista baja para no ver su respuesta.

—Quítate el batín, Jessie —me dice con el mismo tono ronco de ayer. No dudo, aunque sigo teniendo el pulso acelerado. Me digo a mí misma que para esto es para lo que ha pagado; la vuelta en coche y el almuerzo no han sido más que aperitivos. La tela sedosa se desliza por mis hombros con tanta rapidez que la frescura de la habitación me pone la piel de gallina en los brazos—. Estás tan jodidamente hermosa —dice Ryan, y la sinceridad de su cumplido consigue que el corazón me dé un salto.

Lo miro y veo la excitación en sus ojos. Tiene las manos en las piernas pero aprieta los dedos con fuerza, como si estuviese luchando por no perder el control.

—¿Qué quieres? —le pregunto en voz baja.

Niega con la cabeza, como si le estuviese haciendo una pregunta estúpida. Y supongo que así es, pero en Ryan no hay nada que sea directo y claro. Espero a que me diga algo, pero parece que el momento de hablar ya ha pasado. Se pone en pie y me coge de la mano, llevándome hacia la cama y haciendo que me siente en el borde. Se le ve tan alto ahora que estoy sentada; la luz tenue hace que casi parezca que me tiene arrinconada. Alzo la vista, esperando que tome las riendas, pero Ryan está casi temblando. Se le nota en el brazo derecho, el que tengo más cerca. Baja los ojos, como si lo que está pasando lo confundiera, y se deja caer de rodillas frente a mí.

—¿Estás mojada? —me pregunta.

Asiento con la cabeza. ¿Lo pregunta porque le excita, o porque quiere saber si lo que está pasando me interesa? Ojalá supiera qué es lo que le pasa por la cabeza.

—Separa las piernas, Jessie —me ordena, y eso hago.

Sé que es diestro, pero Ryan usa la mano izquierda para acariciarme el gemelo. Su toque es suave, casi reverente; es tan placentero que me dan ganas de gemir. Quiero apretar la pierna contra su mano del mismo modo en que un gato se frota contra los tobillos de su dueño. El beso que me ha dado cuando hemos salido del restaurante todavía hace que me cosquilleen los labios. Quiero que vuelva a hacerlo, aunque sé que algo así solo complicaría las cosas.

—Quiero tocarte —dice, pasando los dedos por el borde de mi ropa interior y siguiendo por el muslo. Es más una afirmación que una petición. ¿Acaso espera que le diga que accedo? Tengo la garganta tan seca por la excitación que no creo que pudiese pronunciar palabra alguna. Sus labios me rozan la rodilla y las piernas me fallan. Lo único en lo que pueda pensar es en tener su boca sobre mi sexo, en la brusquedad de su lengua acosando a mi clítoris y deslizándose después en mi interior hasta hacerme gritar de placer. ¿Es eso lo que quiere hacer?

Sus ojos, de un gris oscuro, se encuentran con los míos. Parpadea y, por un momento, parece un animal del bosque al que han cegado unos faros. Logro recuperar la capacidad de mover la cabeza de algún modo y asiento. Es un movimiento pequeño, pero para Ryan es suficiente. Coloca la mano sobre mi estómago y me empuja hasta que quedo tumbada bocarriba en la cama, con las piernas en el borde y los pies puestos en el suelo para tener estabilidad. Me quedo mirando el techo.

Esperando.

Esperando.

Oigo cómo respira y noto su presencia, pero no me toca. Estar ahí tumbada, expectante, me está matando. Mi mente repasa la última vez que sentí la lengua de un hombre en la parte más íntima de mi cuerpo, pero no quiero pensar en eso. Quiero a Ryan dentro de mí, quiero que ahogue estos pensamientos con sensaciones que hagan que se me curven los dedos de los pies y mi mente se acalle.

El primer contacto con sus manos es en mis rodillas. La derecha todavía le tiembla un poco, y el corazón me da un salto ante el hecho de que está claramente tan excitado por todo esto como yo. Siento calidez a través del encaje de la ropa interior cuando su respiración me roza el sexo, y al oír cómo inhala profundamente me pregunto cómo le está haciendo sentir mi aroma. ¿Le dará vueltas la cabeza por la excitación como me imagino? Quiero acercarme lo suficiente a él para saber también cómo se siente respirar su esencia. Quiero saborear la sal de su piel y absorber su calor dentro de mi cuerpo.

Quiero volver a sentirme una mujer, volver a estar entre los brazos de un hombre fuerte y lo bastante poderoso como para hacerme sentir sana y salva e, incluso si es solo por un momento, quiero librarme de la sensación de soledad que tanto tiempo lleva abrumando a mi corazón.

Ryan pasa los dedos por el encaje que hay a ambos lados de las bragas y me las baja lentamente. Es una dulce tortura, y cada centímetro me acerca más a esa caricia que tanto ansío. Ryan me empuja la cara interna de los muslos, abriéndome las piernas con suavidad; me siento como una flor que pasa de capullo a floración y contengo la respiración, clavando los dedos en el edredón en busca de algo de autocontrol. Quiero saber lo cerca que está de mí, pero no me atrevo a mirar, así que mantengo los ojos cerrados con fuerza y escucho el latido de mi pulso resonándome en los oídos.

Entonces su lengua pasa por mi clítoris y dejo de poder contenerme. Gimo con fuerza; ni siquiera me importa, porque Ryan repite ese movimiento y eso es justo lo que quiero. Necesito que siga haciendo justo lo que está haciendo; quiero que haga que me fallen las piernas, que me tiemblen las manos y que mi sexo se tense tanto que me vea obligada a arquearme y gritar. Ansío tanto correrme que siento dolor entre las piernas y en el corazón.

Antes, mi placer le pertenecía a Jackson, pero ahora será Ryan el que lo haga suyo.

Y lo hace. Dios mío, vaya si lo hace.

Me saborea como si fuese lo más dulce del mundo, lamiendo en pasadas largas que me hacen contraer los dedos de los pies y succionándome con suavidad, logrando que mueva las caderas. Me cubro el rostro con los brazos cuando alza las manos en busca de la suavidad de mis pechos y pierde el ritmo durante un segundo mientras me explora antes de volver a centrarse en hacerme enloquecer. Me deja al borde del orgasmo y retrocede demasiadas veces, y empiezo a sudar de pura anticipación. Levanto las piernas para poner los talones en el borde de la cama y empujar mi sexo con más fuerza contra su boca.

—Por favor —jadeo cuando estoy tan cerca del clímax que ya no puedo seguir soportándolo—. Por favor.

Siento cómo sus labios se curvan contra mi feminidad; le gusta que le suplique, y solo entonces siento presión contra mi entrada. Los tres dedos con los que me penetra me frotan el punto G y estallo. Los sonidos que emito no parecen humanos, y el corazón me late tres veces con fuerza antes de dispararse como si estuviese en una maratón. Estoy tan mojada que noto cómo la humedad resbala entre mis nalgas, empapando la colcha que tengo debajo. Ryan aprieta la lengua contra mi clítoris hinchado y sigue adelante. Estoy aturdida, retorciéndome, desesperada por permanecer en este estado de puro éxtasis y, al mismo tiempo, demasiado asustada de hacerlo. Estoy completamente indefensa y Ryan es quien tiene todo el control de la situación. Hunde los dedos todavía más en mi cuerpo y los curva hacia arriba, haciendo que la espalda se me arquee ante el pinchazo de placer.

—Oh —jadeo. No logro formular las palabras que parpadean en mi mente por un instante antes de desaparecer. «No pares», «basta», «es demasiado», «por favor», «más fuerte»; están todas ahí, luchando las unas contra las otras y dejándome tan frenética que de repente me veo extendiendo las manos y cerrando los dedos sobre el suave cabello de Ryan. Este se queda inmóvil por un segundo. ¿Acaso no le gusta que le toque?

No me muevo, esperando a que conteste, y lo hace apretando los dientes contra mi clítoris.

—Joder —exhalo ante el brusco estallido de placer.

Y entonces se aparta.

Miro cómo se aleja y desaparece por una puerta mientras yo me quedo aquí, paralizada por el trance postorgásmico y confundida porque no sé qué demonios espera de mí. Pasan los minutos y empiezo a sentirme ridícula tirada en la cama sin nada que me cubra de cintura para abajo. Encuentro las bragas en el suelo y me las pongo. Tengo los muslos húmedos, el sexo hinchado y me siento devorada y abandonada.

¿Es esto lo que quería Ryan? ¿Reducirme a un trozo de carne indefenso y tembloroso y dejarme?

¿Quería dejarme débil de puro placer? Porque es lo que ha hecho. Me ha arrancado la capa de autoprotección con la que pudiese contar y ahora mismo me siento terriblemente expuesta.

Mi batín sigue tirado en el suelo justo donde lo he dejado. Me lo pongo y echo un último vistazo hacia la puerta. ¿Debería llamarlo?

No.

Si quisiera que siguiera presente, no se habría ido.

Salgo de la suite de Ryan y vuelvo a mi habitación sabiendo un poco más de este desconocido que quiere ser dueño de un mes de mi vida, aunque sigo sin comprenderlo en lo más mínimo.

12

RYAN

Las manos no dejan de temblarme.

La boca todavía me sabe a ella y hace que me sienta mareado.

No puedo salir así. No quiero ser esta versión de mi persona. Quiero ser el Ryan que ella necesita.

Fuerte.

Dominante.

Controlado.

Veo cómo responde cuando tomo las riendas; quiere ceder y que sea yo el que esté al mando, y eso es justo lo que necesito. Necesito ser yo mismo, llevar a cabo todas esas tendencias innatas que llevo conteniendo desde hace tanto tiempo. Durante mi matrimonio porque no habría sido lo que Corina necesitaba y, tras su muerte, porque mi pena no dejaba espacio para nadie más que para mí.

Jessie lo es todo. Puede que no sea perfecta a ojos del mundo, pero para mí sí lo es.

Me aferro al borde del lavabo para controlar los movimientos de mis manos y me miro en el espejo. Unos ojos cansados me devuelven la mirada; el espejo refleja lo que siento con precisión. Hace meses que no duermo bien; la cama se me antoja demasiado grande y mi alma demasiado vacía. Los días pasan y sigo completamente desconectado de mi realidad, pero cuanto más tiempo paso con Jessie, más siento que vuelvo a ser yo.

¿Crees en el destino? ¿O en un poder superior? ¿Crees que, cuando necesitas algo muchísimo, el mundo tiene la posibilidad de ponerlo justo delante de tus narices en el momento perfecto? ¿O que el destino te envía para que lo encuentres cuando más lo necesitas? Eso es lo que siento en cuanto a la mujer que he dejado tumbada en mi cama. Es como un regalo que no he pedido pero que se me ha entregado de todos modos, un regalo que no esperaba pero que resulta que necesito más de lo que quiero reconocer.

Abro el grifo y me lavo la cara; su frescura me saca de esos pensamientos. He dejado sola a Jessie sin decirle ni una palabra. ¿Seguirá ahí cuando vuelva al dormitorio? ¿Quiero que siga ahí? No estoy seguro. ¿Qué le diré? ¿Qué haré? Estaba listo para darle lo que sé que necesitaba, ¿pero estoy listo para que ella haga otro tanto conmigo? El darle placer no me parece que sea aprovecharme de ella, aunque quizás sea una estupidez. Es su cuerpo y ella decide si está dispuesta a venderlo por el precio que yo estoy dispuesto a pagar, pero aun así es algo que me corroe la consciencia. El hecho de que se pueda comprar algo no significa que llevar a cabo esa transacción sea correcto. Pensé que sería más fácil; no es la primera vez que pago por tener sexo, pero sí la primera vez que compro a alguien que no estuviese vendiéndolo previamente.

He arrastrado a Jessie a un mundo en el que ella no pretendía entrar usando como cebo una cantidad de dinero que, siendo realistas, jamás hubiese podido rechazar. Y he ido un paso más allá...

Me seco las manos.

Es hora de hacer frente a mis actos, de dejar de preocuparme por cosas que sé que jamás se le cruzarían siquiera por la cabeza a aquellos a los que llamo amigos. Ellos se sienten cómodos esgrimiendo su dinero como si fuese una hacha que cercena toda moralidad. Todavía recuerdo con nitidez el lugar del que provengo, y las decisiones que tuvo que tomar mi madre siguen demasiado presentes como para que yo sea así. O, como mínimo, están lo suficientemente presentes como para hacerme sentir mal por lo que hago.

Abro la puerta del baño y veo que el dormitorio está vacío. Jessie debe de haber creído que quería que se fuera.

Supongo que así está bien. Tengo trabajo que hacer y así tengo la posibilidad de evitar tener que dar explicaciones.

Llamo al servicio para que vengan a cambiar las sábanas y después a la cocina para pedir algo de comida tanto para Jessie como para mí. Es lo mínimo que puedo hacer para asegurarme de que todas sus necesidades quedan cubiertas durante su estancia. Después de eso pongo rumbo a mi despacho, afinando el oído en el pasillo por si la oigo. Esta noche no hay música, solo el sonido de agua cayendo. Se está duchando. Supongo que le hace falta; no me cabe duda de que estaba excitada por lo que le he hecho.

Ya en mi oficina, enciendo el portátil y empiezo el arduo proceso de rebuscar en mi correo electrónico. Hay informes que debería leer y cosas a las que tengo que contestar. La gente espera que tome decisiones pero, por alguna razón, ya nada me parece tan importante. Me quedo mirando la pantalla del portátil con las manos sobre el borde del escritorio de nogal y siento el impulso de decirle a la junta de directores aquello que llevo posponiendo desde hace varias semanas. Necesito unas vacaciones. Estoy agotado. He perdido el rumbo y la pasión que sentía por esta empresa que creé de la nada.

Me preocupa cómo responderán los mercados si ya no estoy al timón. La confianza que inspira la empresa puede hundirse al recibir una noticia como esa, y no quiero hacer nada que ponga en peligro el trabajo de la gente. Lo peor es que en la junta no hay nadie que me parezca listo para ocupar mi lugar, ni siquiera durante un breve periodo de tiempo, y no puedo publicitar el puesto y mantener mi situación en secreto al mismo tiempo. Estoy atrapado entre la espada y la pared, pero debo hacerlo. No puedo seguir retrasándolo; no es una sensación que vaya a desaparecer.

Vuelvo a concentrarme y leo los informes financieros de esta semana. Las ventas y los beneficios están a niveles históricos, y lo hemos logrado sin siquiera esforzarnos por ser eficientes. Sé por experiencia que esa perspectiva puede costarle a una empresa una subida de costes y mucho más. La compañía está en la situación en la que siempre he deseado que se encontrase, y ahora tengo que dejarla marchar. Contesto a algunos correos y aviso a mi asistente personal de que tiene que cancelar todo lo que haya en mi agenda para la próxima semana. Le digo que tengo otros compromisos a los que debo atender y que puede contactar conmigo si hay alguna emergencia, pero que no responderé de inmediato.

Empiezo a esbozar un correo electrónico dirigido a la junta, pero al final decido solicitar a mi asistente que les notifique dónde estaré. Así es más limpio y hay menos probabilidades de que alguien se ponga a hacer llamadas en un intento de averiguar qué demonios está pasando conmigo. Después llamo al director de recursos humanos y le explico lo que necesito que haga.

Oigo cómo Janet llama a la puerta de Jessie, y también su conversación. Jessie se ríe; es un sonido ligero y encantador. Espero que se ría porque le gusta la comida que he pedido para ella, o quizás se trate de que el modo en que se sirve la comida en esta casa es claramente excesivo: en unas gigantescas bandejas de plata con tapas, ¡y hasta ponen flores! Ha habido ocasiones en las que me han traído un sándwich de queso presentado exactamente así, algo que dista mucho de los platos de segunda mano astillados que usaba de niño.

Tras oír cómo se cierra la puerta y Janet baja las escaleras, decido volver a mi habitación. También han traído mi comida y como con rapidez. No es tarde, pero me doy una ducha y al final me voy a dormir temprano, aunque la cama me parece tan grande y vacía cuando me deslizo entre las sábanas blancas e inmaculadas. Me tumbo bocarriba y me quedo mirando el techo, flexionando las manos y estirando las piernas y las caderas. Todo parece tan distinto.

Me hace falta un rato antes de ser capaz de relajarme, y debo caer dormido porque lo siguiente de lo que soy consciente es de que me despierto con un sobresalto.

—Ryan.

Es Jessie. Me ha puesto la mano en el hombro.

—Sí —digo. Mi voz suena ronca por el sueño y la confusión. ¿Qué hace ella aquí?

—¿Estás bien?

Me giro hacia ella y me la encuentro arrodillada en mi lado de la cama. Parece tan preocupada.

—Sí. ¿Qué ocurre?

—Debes de haber tenido una pesadilla —me explica con voz suave—. Estabas gritando. He pensado que…

Noto que le preocupa la posibilidad de estar molestándome; debe de haberse pasado un rato frente a la puerta debatiendo sobre si debía entrar.

—No pasa nada —le digo mientras la oscuridad del sueño se adueña de mi mente. Ahora me acuerdo; no podía moverme. Estaba sentado en el sillón Chesterfield y no podía mover ni los brazos ni las piernas. Y gritaba—. Gracias.

—¿Te encuentras bien? —me pregunta.

Su voz contiene un tono de preocupación tan amable.

—No lo sé —digo por puro impulso, y me arrepiento al instante. ¿Qué es lo que espero de Jessie? ¿Qué es lo que quiero?

Esta extiende la mano y me la pone en la frente, tal y como solía hacer mi madre cuando era pequeño. Su piel está fría y la caricia es tierna, y cierro los ojos ante esa sensación.

—¿Quieres que me quede contigo? —pregunta.

Dios, la simple idea de que se meta en esta cama gigantesca conmigo y de que me rodee con los brazos es demasiado tentadora. Sé lo bien que se sentiría rendirse ante los cuidados de otro ser humano, olvidar durante un rato todos los sentimientos que no dejan de luchar en mi interior. Es egoísta. Es excesivo.

Sé que no debería aceptar.

Pero acepto.

Me aparto a un lado de la cama y levanto ligeramente las sábanas. Jessie no duda ni un instante antes de meterse. Parece una locura que esto me parezca más íntimo que cuando he tenido la cara entre sus piernas, pero así es.

Apoya la cabeza en la almohada y su mirada encuentra la mía en la oscuridad.

—¿Por qué te has ido… después de…? —susurra.

Respiro profundamente; es una conversación que no quería tener, pero no puedo evitar su pregunta.

—Creía que quizás necesitases algo de tiempo a solas —contesto.

Jessie parpadea lentamente, como si estuviera confundida.

—¿Creías que necesitaba estar sola después de lo que hemos hecho?

—Sí.

—¿Y no se te ha ocurrido la posibilidad de decírmelo antes de irte así sin más? No sabía qué hacer.

Suena decepcionada y confundida por mis actos. Se me hace difícil soportarlo, principalmente porque yo también me siento decepcionado conmigo mismo.

—Lo siento —digo en voz baja. Mis dedos ansían tocarle la mejilla, acariciarle suavemente la piel en un intento de demostrar lo que siento por ella incluso si a duras penas nos conocemos.

—No he dormido en la misma cama que otra persona desde la muerte de Jackson.

—No tienes por qué hacerlo —le digo. No quiero que haga nada que sea demasiado rápido para ella. No quiero hacerle daño.

Jessie suspira y me acaricia la mejilla.

—No te entiendo. Me has comprado durante un mes, pero no pareces nada cómodo con lo que eso significa en realidad.

Noto cómo se me caldean las mejillas. A pesar de mis esfuerzos por ocultar las dificultades que siento con lo que estamos haciendo, Jessie lo ha deducido todo.

—Fue una compra impulsiva —digo en un intento de darle humor a la situación.

—¿Una compra impulsiva? ¿Por qué llevabas cincuenta mil dólares encima y metidos en un sobre? ¿Acaso para ti eso es como tener unas cuantas monedas en el bolsillo?

Sonrío.

—Sí. Nunca sabes cuándo pueden hacerte falta cincuenta mil dólares de repente.

—La primera noche te fuiste a casa y planeabas volver.

Asiento con la cabeza.

—Y me dijiste que iba a ser tu compañera.

—Sí.

—¿Qué significa eso para ti, Ryan? Me gustaría saber qué es lo que quieres de mí, así podré asegurarme de estar a la altura de mi parte del trato.

Ruedo hasta quedar tumbado bocarriba otra vez.

—Sencillamente ahora mismo no quiero estar solo —le explico—. No espero nada en concreto, solo que estés aquí y que estés disponible para pasar tiempo conmigo.

—¿Así que lo que has comprado ha sido tiempo? —pregunta. Hay una sonrisa en su voz—. ¿Pero también querías mirarme y tocarme?

Cierro los ojos y recuerdo la sensación de deslizar la lengua sobre su clítoris por primera vez.

—Sí.

—¿Y quieres que yo te toque? —inquiere. No parece avergonzada, no hay timidez; es, sencillamente, una pregunta.

—Sí —respondo—. Pero solo si quieres hacerlo.

—¿Y si no quiero hacerlo… ni una vez… en todo el tiempo que pase aquí?

—Entonces tendré que aprender a vivir con ello. —La miro de reojo y descubro que tiene expresión de sorpresa.

—¿No te enfadarías ni te molestaría?

—*No* —digo con firmeza para que lo comprenda—. Me sentiría decepcionado —continúo—. Pero es tu cuerpo, tu mente y tu decisión.

Parpadea lentamente, procesando lo que le acabo de decir. Ojalá pudiese oír sus pensamientos, ojalá pudiese estar seguro de qué opina sobre lo que he dicho. Al final resulta que no me hace falta, porque Jessie se acerca más a mí y aprieta esos labios sonrosados y suaves contra los míos en el beso más dulce que he experimentado jamás, y de repente todo es distinto. Es distinto porque es ella quien ha decidido hacer esto. Es ella quien lleva las riendas, y ella también lo desea.

Deslizo la mano por su pelo y cierro los dedos a su alrededor, apretando sus labios contra los míos con más fuerza, tal y como lo necesito. Su respiración es dulce y su boca cede ante la mía, y mi miembro cobra vida cuando deslizo la lengua sobre la suya. Empiezo a imaginarme cómo sería deslizarse en su interior, sentir su calor húmedo y apretado, ser dueño de su cuerpo de ese modo que llevo anhelando desde que la vi en ese asqueroso club de striptease.

Jessie gime y me coloco encima de ella, separándole las piernas con las rodillas y sujetándole la cintura con ambas manos. En cuestión de minutos poseeré a esta mujer, y no voy a permitirme pensar en ninguna otra cosa.

13

JESSIE

Algo muy importante ha cambiado.

Ryan ya no se muestra distante. Hay en él una pasión feroz, una determinación que sabía que existía pero que no había experimentado de verdad hasta este momento. Ahora sé a dónde se dirige todo esto. Sé que, a pesar del modo en que Ryan me ha hecho acabar aquí, es un buen hombre. Lo que ha dicho ha marcado la diferencia.

Eso no evita que me preocupe la posibilidad de que todo esto acabe siendo un terrible error para los dos. Vuelvo a pensar en la noche en la que nos conocimos, cuando Ryan había estado demasiado dolorido como para verme bailar; hemos avanzado tanto desde ese momento. Sí, me ha visto desnuda. Sí, ha hecho que me corra, pero la penetración es algo completamente distinto.

Por dentro estoy vibrando de excitación e inseguridad, pero si algo he aprendido en mi trabajo es que, cuando te lo propones, puedes hacer prácticamente cualquier cosa.

Lo que me hace dudar no es Ryan; sé que quiero estar con él en ese sentido. Se trata más bien de lo que pueda sentir mañana, de lo que pueda sentir dentro de veintiocho días, cuando todo esto haya llegado a su fin. Cuando una mujer acepta a un hombre en el interior de su cuerpo está entregando una parte de sí misma. Lo acepta físicamente, pero también a nivel emocional. Tanto si quiero como si no, sé que acostarme con Ryan hará que lo que ya siento por él gane más fuerza y se vuelva más profundo. Sé que me sentiré unida a él de un modo en el que no me sentía antes.

Estoy tumbada debajo de él sin la armadura de lencería sexy que siempre consigue que sienta que soy yo quien controla las cosas en el *Kitty Cat Club*. Estoy tumbada debajo de él vestida con el pijama de Hello Kitty que uso en casa, sin escudos y mostrando mi yo verdadero. Esta soy yo, Jessie Ford. Soy más consciente de mi carne y de mi cuerpo de lo que lo he sido en los meses que llevo bailando en el club. Ryan me mira, observando mi rastro con agitación en la mirada. Para él esto también es importante; no debo olvidarlo.

Apoya su peso en un brazo y me acaricia la cara, bajando por el cuello y el hombro y siguiendo con los dedos el camino que trazan sus ojos.

—Me alegro de que estés vestida así —dice.

—¿Por qué? —susurro, temblando bajo la simple caricia de su palma y por la expresión de sus ojos plomizos cuando se cruzan con los míos.

—Lo de antes… todo eso era una fantasía… pero esto… esto es real.

Me alzo para besarlo, aferrándome a la tela de su camiseta con el corazón latiéndome a mil por hora. El tiempo parece ralentizarse cuando nos tocamos, como si estuviésemos debajo del agua. El beso empieza siendo un contacto suave de labios secos y respiración cálida, y nuestros dedos empiezan a acariciar con cautela a medida que empezamos a descubrirnos mutuamente. Estoy esperando esa sensación que me dice que esto está mal, pero nunca llega. Estoy esperando a que Ryan se aparte y diga que es demasiado pronto, pero él es el que hace que nuestro beso deje de parecer un beso en una película de los años veinte y se convierta en otra cosa.

Juega con mis labios, tomando primero uno y después el otro y succionándolos con suavidad; es como si los dos estuviésemos disfrutando del primer trago de agua tras días pasando sed. Siento cómo mis terminaciones nerviosas explotan y de repente todo mi ser *lo necesita*.

Nos besamos una y otra vez, con suavidad y profundamente, mientras sujeto el final de su camiseta y empiezo a subírsela. Ryan se hace cargo, revelándose de un modo que casi parece frenético. Su lengua entra en mi boca con cuidado pero con firmeza, acariciando la mía y logrando que los dedos me tiemblen y ralenticen mi progreso por su pecho. Gimo ligeramente y me aparto para ver lo que estoy haciendo; quiero verlo además de sentir su piel. Las clavículas de Ryan parecen frágiles, pero todo su ser es sólido y musculoso, con un poco de vello que me hace querer frotar el rostro contra su piel. Ryan espera con paciencia mientras lo acaricio, observando mis manos y pasando las suyas por mi pelo en un gesto tierno. Me alzo hacia él y respiro contra su pecho, depositando un beso allí donde su corazón yace bajo una jaula de huesos y pena. Quiero hacer desaparecer todo su dolor a base de besos, tal y como haría con un niño que ha tropezado.

—Jessie —susurra, empezando a subir la tela de la parte superior de mi pijama sin dejar de mirarme a los ojos en ningún momento. Bajo la prenda, mis pechos están desnudo y el roce de la piel áspera de sus manos hace que se me endurezcan los pezones y se me arquee la espalda. Nos desnudamos a toda prisa, y su peso encima de mí me resulta tan desconocido que me siento casi sobresaltada. Su olor es distinto al de Jackson, más cítrico que el aroma especiado de mi marido, pero me siento aliviada. Así hay más distancia entre lo que estamos haciendo y el pasado, algo que solo puede ser positivo.

Uno de los muslos de Ryan se aprieta contra mis piernas, pesado y sólido, y le doy la bienvenida contra mí, tirando de él para poder sentir su boca un poco mejor. Sus besos se han vuelto más duros, más atrevidos, casi como si algo hubiese despertado en su mente al quitarse los bóxers, o quizás sea porque ha sentido el contorno de mi sexo a través de mi ropa interior. Levanta el muslo, frotándose contra mí, y cada movimiento de su lengua viene acompañado de presión entre mis piernas. Me sujeta la nuca con una mano y lo usa para hacerme ladear la cabeza y así dominar todavía más el beso mientras su otra mano me aprieta el pecho, pellizcando el pezón y preparándolo para su boca.

—Jessie… —Musita mi nombre contra la suavidad de mi carne, succionándome con fuerza suficiente como para hacer que se me contraigan los dedos de los pies. Y después me muerde tan fuerte que arqueo la espalda, separándola de la cama.

—Oh —jadeo. No estoy acostumbrada a lo que estoy descubriendo en este torbellino de placer y dolor.

Ryan me mira rápidamente a la cara.

—¿Te he hecho daño? —pregunta, acariciándome suavemente allí donde sus dientes me han dejado el pezón de un rosa subido. Niego con la cabeza, esperando que vuelva a hacerlo, necesitando sentir todas las formas en las que Ryan es distinto a lo que he experimentado en el pasado. Gimo con fuerza cuando me pellizca el pezón, frotando mi sexo contra su pierna y ansiando más fricción, animándole a dármelo todo—. Joder, Jessie. —Alza el cuerpo sobre mí, con el pecho moviéndose al ritmo de su respiración.

—Está bien —susurro, pasándole los dedos por el vello suave de sus antebrazos y por la piel lisa de la curvatura de su bíceps. Tiene una cicatriz en el hombro que resigo con las yemas mientras él me acaricia con suavidad, sumiéndome en una falsa sensación de seguridad antes de volver a morderme. Hay tantas cosas que no sé sobre él, pero con cada momento que pasamos juntos aprendo algo nuevo.

No me puedo creer lo excitada que estoy, lo mucho que estoy viviendo el momento, disfrutando de todo lo que este hombre fuerte y herido me está haciendo sentir. Ryan está completamente erecto y su pene se me clava en el estómago con una presión llena de urgencia.

—Deja que te vea.

Me coge la mano y la coloca sobre su hombría, gruñendo cuando la rodeo con los dedos y la aprieto. Es más grande de lo que me esperaba, y también más grueso. Puedo sentir cómo palpita de puro deseo. Ha pasado tanto tiempo desde la última vez que tuve relaciones que me pregunto cómo se sentirá aceptarlo en el interior de mi cuerpo. ¿Dolerá? Pensar en el momento de la penetración hace que me sienta tan acalorada e hinchada entre las piernas que se me escapa un gemido.

—Se siente tan bien —se estremece Ryan, moviendo las caderas para follar el espacio que han creado mis dedos y cerrando los ojos para perderse en el placer. Siento las bragas humedecidas, y la presión de su muslo ya no es suficiente. Me bajo un poco la prenda con la mano que tengo libre y Ryan, dándose cuenta de lo que estoy haciendo, se aparta para ayudarme a finalizar el trabajo. Tengo que doblar las piernas para quitarme las bragas del todo, lo que le da una imagen rápida de ese lugar contra el que tenía la cara hace unas horas. Su mirada es feroz cuando vuelvo a estirar las piernas a ambos lados de su cuerpo, manteniendo una rodilla doblada para que vea lo mojada que estoy para él. Se acaricia el miembro con movimientos firmes y prolongados, usando los dedos de la otra mano para acariciar el suave vello rubio de mi sexo—. Tienes un color tan claro aquí abajo —dice—. Y eres tan suave. —El dedo índice resigue el borde de mis labios en la zona que me he depilado por completo. Suspira al llegar a mi entrada y desliza ligeramente el dedo en mi interior de un modo que hace que me retuerza—. ¿Lo quieres? —me pregunta, pero no parece que esté jugando conmigo. Es más bien como si se hubiese vuelto repentinamente consciente de lo que estamos haciendo y de las posibles consecuencias.

—Lo quiero —susurro, irguiéndome para besarlo y acariciarle el rostro—. ¿Y tú?

—Muchísimo —susurra.

—Bueno, entonces perfecto. —Vuelvo a tomar su hombría entre los dedos y me muevo para poder tomarlo con facilidad en la boca. Los muslos le tiemblan cuando succiono, y su sabor es agridulce y deliciosamente desconocido. Ryan me roza las orejas con los dedos y los pasa por mi cabello con aprecio y ternura. Noto cómo palpita entre mis labios y, cuando se aparta, resulta evidente que está demasiado cerca del orgasmo como para sentirse cómodo.

—Necesito coger un condón —dice, alargando el brazo hacia la mesita de noche. Me quedo ahí tumbada, mirando cómo se prepara para mí mientras ardo por dentro a sabiendas de lo que está por venir. En cuanto se ha puesto por completo el preservativo me mira y sacude la cabeza como si no pudiese creerse lo que está pasando entre nosotros. Todo parece digno de un sueño bajo la sobrecogedora luz que proyecta el foco que hay en el exterior—. ¿Estás lista? —pregunta, empujando un dedo grueso dentro de mí para comprobarlo.

—Sí —jadeo. Lo estoy.

—Iré poco a poco —dice, acercándose más y sujetándome por las caderas hasta que tengo las piernas separadas y las rodillas a ambos lados de su cintura. Él sigue sentado, apoyando su peso en los talones mientras usa los pulgares para abrir mis labios y exponerlo todo. Mi clítoris queda al descubierto, palpitante, y tengo que cerrar los ojos cuando noto el primer atisbo de su grueso miembro. Ryan se balancea hacia delante, introduciendo un centímetro, y con lo mojada que estoy le resulta fácil. La segunda embestida es más fuerte, más profunda, dilatándome más. Escuece—. Mira —dice Ryan, y abro los ojos para ver cómo sus iris de un gris plomizo están fijos en ese lugar en el que se unen nuestros cuerpos. Apoyo mi peso en los codos para ver mejor cómo me penetra. El modo en que su miembro se adentra en mi cuerpo es tan explícito, con los labios de mi sexo aferrándose a su longitud y mi clítoris ansioso por cualquier roce. Ryan tiene una piel tan oscura, casi olivácea, y su vello recortado es casi negro mientras que yo soy sonrosada y blanca.

Gimo con fuerza con la cuarta embestida mientras Ryan se mantiene completamente inmóvil en mi interior. Sus ojos se cruzan con los míos, gris oscuro contra el azul del mar, y parpadea y me sonríe. Dice mi nombre al mismo tiempo que se inclina hacia delante para besarme, ajustando ligeramente su postura hasta quedar tumbado sobre mí. Su peso es perfecto y ahora, cuando embiste, lo hace con fuerza, alzando las caderas y ladeándolas ligeramente para frotarse contra mi clítoris y estimular mi punto G. Lo abrazo contra mí, alzando una pierna para colocar el pie sobre su hombro y permitirle adentrarse más en mi cuerpo. Noto cómo el placer empieza a aumentar; ansío tanto el orgasmo. Cierro los ojos, imaginándome de nuevo en la playa con el océano lamiendo la arena con los mismos movimientos rítmicos que realiza el cuerpo de Ryan, imaginándome la paz y la tranquilidad de ese escenario mental. A medida que me relajo mi cuerpo también lo hace, y las sensaciones aumentan cuando sus embestidas se vuelven más duras y exigentes.

—Eres tan jodidamente hermosa —me susurra al oído—. Te sientes tan bien. —Una de sus manos se desliza bajo mis nalgas, alzándome contra él. Estoy tan mojada que noto cómo mi lubricación le gotea en la mano—. Oh, joder —dice al darse cuenta, como si mi placer fuese demasiado para soportarlo. Corcoveo contra él; estoy tan cerca de correrme que prácticamente he perdido el control.

—Más fuerte —jadeo, arañándole la espalda, y Ryan me penetra con violencia, arrancándome el aire de los pulmones—. Estoy tan…

No tengo ocasión de terminar la frase antes de que el orgasmo me alcance con unas oleadas profundas que me hacen arquear los dedos de los pies y me sacuden el cuerpo. Ryan frena sus embestidas, pero no se detiene, disfrutando de las pulsaciones de mi sexo. Su pene parece palpitar al mismo ritmo, y su rostro es una máscara de concentración. Cierra los ojos, ocultando el rostro contra mi cuello mientras sigue follándome hasta correrse.

Pasamos un par de minutos sin movernos, como si los dos fuésemos incapaces de lograr el más mínimo movimiento. Ryan guarda silencio a excepción de sus jadeos contra mi piel, completamente inmóvil menos por el modo en que sus caderas siguen moviéndose contra mí, como si no quisiera detenerse. Y yo no quiero pensar en Jackson, pero lo hago. Recuerdo cómo solía acurrucarse contra mí tras el sexo y caer dormido al instante, y los pequeños sonidos que se le escapaban en sueños.

Lo echo de menos, pero ya no está.

La vida que tenía con él ha desaparecido.

La persona que era cuando estaba con él también ha desaparecido.

Ahora soy una Jessie Ford distinta, algo rota por dentro y con muchas menos esperanzas puestas en el futuro. Una Jessie mucho más realista en cuanto a los puntos álgidos y bajos de la vida y el potencial que tienen para empujarnos en una u otra dirección.

Y, en este momento, tumbada bajo este hombre que me resulta conocido y al mismo tiempo un enigma, no estoy para nada segura de hacia qué dirección me está empujando la vida. Toda esta situación parece una montaña rusa; incluso si ahora mismo es agradable, es imposible saber cómo me sentiré de aquí a una semana. Acaricio la espalda de Ryan y, cuando gira y me arrastra con él de tal modo que mi cabeza descansa sobre su pecho y su brazo me rodea los hombros, me acurruco contra él y decido quedarme justo donde estoy.

14

RYAN

Cuando me despierto a la mañana siguiente, no está.

El aroma de su champú todavía impregna la tela de las almohadas y cierro los ojos, recordando cómo ha sido tenerla entre mis brazos mientras dormía, o al menos lo hago hasta que mi teléfono empieza a vibrar sobre la mesita de noche y me voy obligado a salir de mi ensoñación. Compruebo quién me está llamando tan temprano y me doy cuenta de que ya son pasadas las nueve de la mañana. Nunca suelo dormir más allá de las siete, y el hecho de que sea dos horas más tarde de lo que creía me sorprende.

Es el doctor Humberside.

Me quedo mirando el teléfono. Sé por qué me llama, y no quiero oír nada de lo que tenga que decir. No sé por qué sigue insistiendo e intentando hacerme cambiar de idea. Se olvida de que posea conocimiento de primera mano en cuanto a este tema y que no necesito toda esa experiencia que tanto intenta infligirme. Envío la llamada al buzón de voz y lanzo el teléfono sobre la cama.

Que le den a todo esto.

No necesito a gente en mi vida que me diga qué tengo que hacer. Soy adulto y tomo mis propias decisiones. El teléfono no dejará de sonar mientras esté en mi posesión, me mantendrá constantemente unido a mi mundo. No puedo huir, no mientras siga en esta casa, no mientras siga comprobando mi correo electrónico y contestando cuando me llaman.

Ha habido momentos en mi vida en los que he sabido que la decisión que estaba tomando tendría un profundo impacto en todo lo que sucediera a continuación, como por ejemplo el día en que conseguí al primer inversor para mi empresa, o cuando me crucé con Corina en la calle y decidí invitarla a cenar. Y ahora mismo, aquí tumbado en la cama, sé que aquello que estoy considerando también lo cambiará todo.

Cojo el teléfono y llamo a mi asistente. Oigo cómo toma nota de mis instrucciones; tiene muchas cosas que organizar en un periodo muy breve de tiempo, pero no me preocupa la posibilidad de que no logre hacerlo. Le pago el doble del salario medio que cobran los asistentes personales precisamente porque no puedo vivir sin ella.

Una vez puesto todo mi plan en sus manos más que capaces, descuelgo el teléfono fijo y llamo a la habitación de Jessie. Contesta al tercer tono; su voz suena suave y sorprendida.

—Hola.

—Has abandonado mi cama, Jessie. Te has ido sin decir adiós.

—Lo siento, Ryan —dice—. Tenía que ir al baño.

—En mi suite hay un baño, Jessie.

Se ríe ligeramente.

—Lo sé, pero también quería asearme un poco.

—Pero planeabas volver, ¿verdad? —bromeo.

—Ya habría vuelto si no me hubiese interrumpido un hombre de lo más mandón —contesta.

—Este mandón dice que quiere ese culo de vuelta ahora mismo —digo con casi un gruñido, y Jessie se ríe en voz alta.

—¡Sí, señor! —Usa un tono militar.

—Tengo planes para los dos, Jessie.

—Suena amenazante.

—No es amenazante, Jessie. Es excitante.

—Bueno, en ese caso será mejor que me dejes colgar —dice, y sonrío.

—Pero me gusta el sonido de tu voz —contesto. Hay algo encantador en el hecho de hablar con ella así, en saber que está en la habitación aledaña.

—Adiós, señor mandón —se despide, y oigo cómo cuelga.

Estoy a punto de salir de la cama para asearme yo también un poco cuando llaman con suavidad a la puerta.

—Está abierto —digo, y al instante siguiente ahí está, como un rayo de sol en un día soso y nublado.

—Hola —dice—. ¿Me has llamado?

Dibujo una pequeña sonrisa; al parecer insuflé algo de desparpajo en ella cuando me la follé anoche, y me gusta.

—¿Está intentando ser graciosa, señorita Jessie? Porque a las graciosas hay que guiarlas con mano dura.

Sus preciosos ojos azul cielo destellan, mirándome.

—¿Mano dura? —Asiento con la cabeza y Jessie se acerca, al parecer sin sentir la más mínima preocupación por mi mano y por su potencial dureza—. No estoy muy interesada en la mano —dice—. Pero me interesa eso que has dicho de algo excitante.

—Ah… ¿La señorita desearía conocer cuáles son mis planes?

Jessie toma asiento en el borde de la cama y me sonríe.

—Bueno, así es como me has atraído a tu cubil —se ríe.

—¿A mi cubil?

Arquea una ceja como diciendo: «ponte las pilas, Ryan», así que eso hago.

—Vamos a pasar unos días fuera de la ciudad —digo.

—¿Dónde? —me pregunta.

—Bueno… en varios sitios. La primera parada es Las Vegas; lo demás tendrás que esperar a verlo.

—Las Vegas —dice con tanto entusiasmo en la voz que me dan ganas de abrazarla.

—Sí, dulzura —contesto. La ciudad del pecado parece el lugar perfecto para empezar a desbocarme.

—Entonces, ¿hago las maletas?

—Le pediré a Geraldine que se ocupe de eso —digo—. Sabrá lo que necesitas y siempre podemos comprar cualquier cosa que te haga falta una vez allí.

—De acuerdo. —No parece muy segura, y me veo obligado a recordarme a mí mismo que no está acostumbrada a que tener a gente que haga las cosas por ella.

—Geraldine es una asistente experimentada con muchos conocimientos de moda. Contarás con todo lo que necesites, Jessie. —Le cojo la mano y entrelazo los dedos con los suyos, llevándome su mano a los labios y besándosela con suavidad. Los ojos se le cierran a medias y el ritmo de su respiración se altera—. Ya no tienes que preocuparte de nada —digo.

—Al menos durante otros veintisiete días —añade en voz baja.

Joder. La fecha límite se acerca poco a poco. Ya queda menos de un mes, pero estoy decidido a que sea un mes que recuerde durante el resto de su vida.

—Saquémosles el máximo provecho.

Jessie traga saliva y asiente con la cabeza antes de inclinarse hacia delante para besarme. Es un beso suave, dulce y casto, pero de todos modos lo siento entre las piernas. Ojalá pudiese volver a follármela ahora mismo, pero acaba de ducharse y no tenemos tiempo de hacerlo como es debido. Aunque, verte obligado a esperar para poder disfrutar de tu premio preferido solo hace que este sea después todavía más dulce, o eso dicta mi experiencia.

—¿Pedimos el desayuno? —digo, sin dejar de besarle los labios con suavidad.

—Ajá —accede, acercándose un poco más.

—¿Tienes mucha hambre?

—Bastante.

—Dime qué quieres, Jessie. Cualquier cosa, y la conseguiré para ti.

—¿Cualquier cosa? —bromea.

—Cualquier cosa que desee tu corazón.

Parece pensativa por un momento.

—Bueno, me gustan muchos los huevos benedictinos.

—Tus deseos son mis órdenes. —Cojo el teléfono fijo y solicito su petición a la cocina.

—Café —articula mientras ordeno también mi desayuno. Quiero tortitas, unas iguales a las que comió Jessie el otro día. No es lo que acostumbro a comer, y mi entrenador personal tendría un ataque si se enterase, pero ahora mismo no me importa un pimiento.

—¿Algo más, princesa?

Jessie aprieta los labios, haciendo ver que le molesta.

—Fresas cubiertas de chocolate —sugiere—. Y torrijas.

—Sí, señora.

Me sonríe de oreja a oreja mientras se lo pido todo a la cocina. Cuando cuelgo, Jessie sacude la cabeza.

—Podrías pedirles cualquier cosa y te lo traerían, ¿verdad?

—Por supuesto —digo.

—Pero, ¿y si no tienen fresas? —me pregunta.

—Enviarán a alguien a comprarlas.

—¿Pero eso no llevaría mucho tiempo?

—Donovan es muy rápido con la moto —me río.

—Guau. —Vuelve a sacudir la cabeza.

—Nos traerán el desayuno dentro de quince minutos —le digo—. ¿Qué tal si acabas de prepararte? Así podremos comer mientras Nolan prepara el coche.

Accede y, una vez que se ha ido, le hago una llamada rápida a Geraldine.

Una vez que todo está en movimiento, lo único que necesito hacer es ducharme yo también. Para cuando Jessie vuelve, absolutamente preciosa con un vestido largo de flores y sandalias doradas, ya estoy vestido. Se ha trenzado el pelo a un lado y tiene un aspecto de lo más bohemio. Nos comemos el desayuno que sirven en mi suite mientras Jessie me hace preguntas sobre Las Vegas. Parece que es un lugar que siempre ha querido visitar pero que nunca ha tenido ocasión de hacerlo, y decido no contarle que nos hospedaremos en mi propio hotel. No tiene por qué saberlo. Lo único que necesita es que se lo haga pasar en grande. Los próximos veintisiete días se centrarán en huir de la realidad y, cuando todo haya acabado, los recuerdos nos harán compañía.

Vamos en coche hasta el aeropuerto con Darryl y Freddie, mi equipo de seguridad. Jessie no había sido consciente hasta ahora de su presencia, pero eso es porque hemos sido descuidados con nuestra seguridad, algo que no podemos seguir permitiéndonos. Esta mujer es mi responsabilidad, y cuidaré de ella todo lo que pueda mientras pueda.

Mi jet nos está esperando en la pista, y tardamos tan poco en despegar que sé que Jessie se siente algo abrumada. Estamos sentados el uno junto al otro, los dos con una copa de champán en la mano y, aunque Jessie está muy callada, no la presiono para que hable. Sé cómo se siente cuando necesitas espacio para estar a solas con tus pensamientos.

Siempre me pongo nervioso cuando vuelo, y mi equipo lo sabe. El jet está pensado para ayudarme a evitar las cosas que me ponen nervioso: junto a mi asiento no hay ventanilla, suena una música clásica que mi hipnotista ha usado como mecanismo para ayudarme a mantener la calma, y el piloto no hará ningún anuncio a no ser que se trate de una emergencia. Intento no mostrar señal alguna de mi ansiedad, aferrándome al asiento en el lado opuesto al de Jessie y usándolo a modo de ancla.

Jessie cambia de asiento para poder mirar por la

ventanilla cuando nos acercamos al aeropuerto McCarran.

—Mira, Ryan. —Extiende la mano para indicarme que me acerque—. ¡Mira!

Sé lo que se puede ver gracias a las imágenes de las revistas; es un paisaje precioso gracias a la aridez del suelo.

—Lo sé —digo con suavidad—. Disfruta.

—Es magnífico —contesta—. No hay nada hasta donde alcanza la vista, y entonces…

—Espera a que estemos en el suelo —le digo. Sé que a mucha gente Las Vegas les parece de mal gusto, pero no hay nada parecido en el mundo.

Su tamaño.

El drama.

El puro exceso.

Me encanta precisamente por todas las razones por las que algunas personas la detestan, y espero que a Jessie también le guste.

Vamos en limusina hasta el hotel, y paso gran parte del viaje mirando por la ventanilla y fijándome en todo lo que ha cambiado desde mi última visita. Han finalizado un nuevo hotel, han ampliado otros, ha habido una gran renovación; nada permanece inalterable. Jessie está sentada muy cerca y también mira por la ventanilla. La cojo de la mano simplemente porque se siente bien, y ella no se opone, así que es perfecto.

En cuanto la limusina se detiene, mi conserje personal aparece al instante para que lleven nuestro equipaje a mi suite y nos da la bienvenida a mí y a Jessie. Esta se muestra tan cortés, con los ojos abiertos de par en par mientras procesa el espectáculo que es la entrada del hotel y lo grande que es el piso del casino.

El hotel Crawford. Al crear la empresa decidí cambiarme el nombre por algo que sonase más serio que Gosling.

Dentro todo irradia luz, algo de lo que me aseguré cuando trazaba los planos con el diseñador. Todo es luz y entusiasmo; apostar no tiene por qué ser una actividad sombría y deslucida. Jessie mira en dirección a la recepción, como si esperase que hiciésemos cola, y cuando marchamos directos hacia los ascensores se la ve confundida.

—¿No necesitamos una llave?

Saco una llave tarjeta del bolsillo y sacude la cabeza.

—¿Cómo la has conseguido? —pregunta.

—Espera y verás —respondo.

El ascensor sube tan rápido que se me taponan las orejas y Jessie alza las manos para taparse las suyas.

—¿En qué piso estamos? —inquiere.

—En el más alto. —Abre los ojos como platos.

—¿No es ahí donde están las habitaciones más caras?

—Conmigo no tienes que preocuparte por esas cosas.

Parece observarme por un momento.

—Este hotel es espectacular. Tiene algo que me resulta familiar.

—¿A qué te refieres?

—Hay algo en él que me recuerda a tu casa.

Es mi turno de sacudir la cabeza. Esta mujer es de lo más perceptiva. Recurrí al mismo diseñador que se había encargado de mi casa para que tomase el proyecto del hotel y ambos se finalizaron con tan solo unos meses entre ellos, así que no me sorprende que haya parecidos en la decoración. Lo que me sorprende es que Jessie lo haya notado.

—Mmmm —contesto, sin reconocer nada. No se trata de que no quiera que sepa que es mi hotel, ni de que me preocupe que descubra hasta qué punto llega mi riqueza; en la era de Google no hay secretos. Supongo que sencillamente quiero que pueda relajarse sin verlo todo con otros ojos. Ahora mismo somos simplemente un par de huéspedes, y eso me gusta.

Oigo cómo toma aire bruscamente cuando se abren las puertas. Aquí arriba todo es espectacular, desde el pasillo hasta las suites más exclusivas. La cojo de la mano y marchamos rápidamente en dirección a mi suite. Una vez dentro, lo primero de lo que uno es consciente es de las vistas de La Franja. A esta altura resulta maravilloso, especialmente con las ventanas de pared que la encuadra a la perfección.

—Oh, Dios mío —jadea, y sale disparada hacia las ventanas. No parece fijarse en ninguna otra cosa de este precioso espacio que todavía consigue dejarme sin aliento, y se acerca tanto a las ventanas que me siento algo mareado. Volar no se me da bien, y las alturas todavía menos. Sé que parece ridículo que tenga un ático cuando tengo vértigo pero, cuando eres el dueño, es lo que se espera de ti, y siempre y cuando no me acerque mucho al borde estoy perfectamente.

—Ven aquí —jadea Jessie, girándose y haciéndome señales con frenesí para que me acerque.

—No hace falta —contesto—. Ya lo he visto.

Jessie entrecierra los ojos con aire pensativo.

—¿Le dan miedo las alturas, señor mandón?

No puedo evitar sonreír ligeramente. Si no tiene cuidado, quizás me vea obligado a tumbarla sobre mi rodilla y a enseñarle cómo de mandón puedo llegar a ser.

—No se trata de miedo, señorita insolente.

Jessie sonríe con suficiencia.

—Entonces, si no vamos a mirar por la ventana admirando las vistas, ¿qué vamos a hacer mientras estemos aquí?

Arqueo la ceja derecha. Joder; hay tantas cosas que podría hacerle a esta mujer, tantas que Jessie no sabría en lo que se habría metido. Podríamos quedarnos encerrados en la suite durante días y, aunque se me antoja una opción bastante tentadora, tener sexo no es lo único que quiero hacer durante el tiempo que nos queda juntos. Tengo cosas en mi lista que quiero cumplir, y vamos a empezar ahora mismo.

—Coge el bolso, Jessie. Tenemos planes.

15

JESSIE

No sé qué es lo que espero de Ryan, pero está claro que, sea lo que sea, no es lo que sucede.

Nos tomamos un momento para refrescarnos y después bajamos tan rápido en el ascensor que siento vértigo y los oídos me chasquean. La limusina nos está esperando frente al hotel y el conductor parece saber a dónde vamos, porque Ryan no dice nada de nada. Darryl y Freddie también están, como dos montañas que hubiesen cobrado forma de hombre. Con ellos me siento a salvo, pero también curiosamente tensa. Recorremos La Franja con bastante lentitud debido al tráfico, pero no me molesta; vuelvo a disfrutar de las vistas extrañas y maravillosas, y adoro mirar a la gente que va de un lado para el otro.

Cada vez que nos cruzamos con un hotel creo que es ahí a dónde vamos, pero no. ¿Acaso me lleva Ryan a algún espectáculo? No tengo ni idea. Lo miro interrogante cuando nos detenemos frente al New York, New York.

Ryan dibuja una sonrisa tan amplia que parece rejuvenecer al instante y convertirse en una versión descarada de sí mismo.

—¿Estás lista para montar en la montaña rusa Manhattan Express, Jessie?

Oh, Dios mío. ¿Lo dice en serio?

—Joder, sí —chillo. Ryan no tiene ni idea, pero adoro las atracciones. Cuanto más enloquecidas sean, mejor.

—En ese caso, vamos allá.

Entramos en el hotel y seguimos los carteles que llevan hacia la entrada de la montaña rusa. El corazón se me acelera en el buen sentido y Ryan me sostiene la mano con fuerza durante todo el rato. Le hablo de las atracciones en las que he montado en el pasado, tras lo cual le pregunto si él había hecho algo parecido antes.

Niega con la cabeza.

—Siempre he estado demasiado ocupado con los negocios —dice. No suena arrepentido en lo más mínimo. Es una simple afirmación, pero aun así me entristezco por él.

—Tanto trabajar y nada de diversión hacen que Ryan sea un chico aburrido —bromeo.

Sonríe y me besa en los labios.

—Estoy intentando cambiar eso, Jessie.

—Bueno, es un comienzo bastante decente.

Llegamos al principio de la cola y el responsable de sentar a la gente nos lleva hacia la parte delantera. Parece que Ryan lo tiene todo organizado; a fin de cuentas, el lugar más excitante en el que puedes ponerte en una montaña rusa es en la primera fila. Supongo que, cuando Ryan decide hacer algo, lo hace como es debido.

Solo tenemos que esperar un minuto o así mientras el resto de personas ocupan sus asientos y, justo antes de que la montaña rusa se ponga en marcha, Ryan extiende el brazo y me aprieta la mano. Es como si ese gesto se reprodujera de manera espontánea en mi pecho. Resulta difícil conectar este hombre que quiere hacer cosas infantiles y enloquecidas con el hombre serio que vino al *Kitty Cat Club* y me llevó en coche por la costa. Tengo la impresión de que le he arrancado el duro caparazón tras el que se escondía y que ahora puedo ver la ternura que ocultaba debajo. Me gusta este Ryan. El que vaya haciendo conjeturas resulta estúpido por mi parte, pero tengo la sensación de que lo que estoy viendo ahora mismo es el Ryan real; el resto casi parece una actuación que ha perfeccionado para llegar a donde ha llegado en la vida.

No dejo de mirarlo cuando salimos disparados a toda velocidad. Está sonriendo de oreja a oreja y los ojos le brillan. Grita con tanta fuerza cuando llegamos a un buen salto que me río en voz alta y, cuando salimos a la parte exterior del gigantesco hotel, a veces cayendo desde una gran altura y a veces bocabajo, siento que estoy disfrutando del enorme privilegio de que Ryan me haya elegido para hacer todo esto conmigo.

Me pidió que le hiciera compañía, y había creído que así era como un hombre rico suavizaba sus verdaderas intenciones para que pareciesen más educadas, pero ahora que estoy con él aquí comprendo lo que quería en realidad. Quería algo de compañía mientras se deja llevar, y la idea de que no tuviese a nadie más con quien hacerlo hace que sienta pena por él. He oído decir que, cuanto más se sube en el escalafón social, más solo está uno, y parece que en el caso de Ryan es absolutamente cierto.

Grito con fuerza, deseando hacerle saber lo genial que está resultando esta experiencia para mí. Quiero que sepa que aprecio todo lo que hemos hecho hasta ahora. Me está pagando muchísimo dinero para que esté a su lado pero, cuanto más tiempo pasamos juntos, menos me parece que importe el dinero.

Y, nada más pensar en eso, me siento como una tonta.

Me estoy poniendo sentimental. Estoy pensando en esta situación de maneras que seguramente a Ryan nunca se le han pasado por la cabeza. Para él todo esto es una transacción, nada más; mi presencia es una comodidad y, a pesar de lo difícil que me resulta tenerlo presente, no debo olvidarlo.

Para cuando salimos de la montaña rusa mi cabello es un caos agitado por el viento, pero no me importa.

—Vamos —dice Ryan, y vuelve a sonreír de oreja a oreja.

—¿A dónde vamos ahora, jefe? —le pregunto cuando me coge de la mano y empieza a caminar por el casino.

—Eso no ha sido más que el aperitivo, cariño —contesta, todavía con esa enorme sonrisa en el rostro. Los ojos grises le brillan cuando me mira por encima del hombro, y me río de un modo en el que no había sido capaz en mucho tiempo. Es una burbuja de felicidad que emerge desde lo más profundo de mi ser, un sonido lleno de esperanza y libre de preocupaciones que me resuena en los oídos.

—Dímelo —suplico, pero Ryan no piensa ceder. Está claro que quiere sorprenderme.

Volvemos a la limusina y nos alejamos en la dirección contraria, abriéndonos paso entre todavía más tráfico. Vuelvo a mirar a la gente de la calle. El teléfono de Ryan empieza a sonar de camino y mira la pantalla, pero no contesta. Me pregunto quién puede estar intentando contactar con él y por qué puede estar evitando la llamada, pero no creo que pueda preguntárselo.

Me parece una locura como, en ocasiones, podemos

compartir nuestros cuerpos con otra persona pero seguimos sin sentirnos cómodos compartiendo nuestros pensamientos y sentimientos. ¿Por qué será que esas partes nos parecen mucho más privadas y vulnerables que las partes más privadas de nuestros seres?

La llamada parece arrebatarle algo de exuberancia pero, a medida que nos acercamos a la Stratosphere, los ojos empiezan a brillarle de nuevo. Aprieta un botón y un techo corredizo panorámico y gigantesco empieza a abrirse sobre nosotros.

—Mira —dice, poniéndose en pie y tendiéndome la mano. Me siento completamente ridícula levantándome en un coche y asomando la cabeza por el techo, pero si no pasa nada porque Ryan lo haga, entonces tampoco pasa nada porque lo haga yo.

El viento me agita el pelo como un huracán y tengo que sujetarme al borde para mantener el equilibrio, pero acercarse en coche a un edificio tan alto, esbelto e icónico y poder mirarlo directamente es magnífico. Sé que la gente nos mira, pero a Ryan no parece importarle un pimiento. Me coge la mano y me la besa, tras lo cual me dice que alce la vista hacia lo alto del todo.

Hay atracciones.

En el piso más alto del edificio.

Veo cómo cuelgan en el aire las piernas de la gente cuando los mecanismos saltan por el borde del último piso.

Soy tan atrevida como cualquier adicto a la adrenalina, pero esto se sale incluso de mi zona de confort.

No sé cómo decírselo a Ryan.

—¿Quieres que subamos allí arriba? —le pregunto.

Echa la cabeza hacia atrás para alzar la vista y después

se gira hacia mí.

—No —dice con sencillez—. Subir ahí arriba me va a dar pavor, pero tengo que hacerlo.

—¿Estás intentando controlar tu miedo?

Niega con la cabeza.

—No exactamente —contesta, pero no entra en detalles. Quiero saberlo para comprender sus motivos. Quiero saberlo para decidir si es algo que debo obligarme a hacer con él o si puedo pedir mantenerme al margen. No creo que Ryan sea la clase de hombre que me obligaría a hacer algo que no quiero hacer. De hecho, sé que no lo es.

Pero parece que todo esto es muy importante para él.

En lo alto del hotel Stratosphere hay un restaurante giratorio que te permite disfrutar de una vista de trescientos sesenta grados de Las Vegas en toda su gloria, y también hay un mirador para aquellos que quieren disfrutar de la escena pero no sentarse y comer con ella de fondo.

Y, en el techo, están esas atracciones que me aterran de un modo en el que nunca me ha aterrado nada.

Que una atracción te haga saltar un par de metros en el aire es una cosa, y que te deje caer desde cientos de metros es otra muy distinta. Sé que la probabilidad de que ocurra algo malo son casi nulas. Haga lo que haga, todo está a mi favor, pero eso no me hace sentir mejor.

—¿Y qué es exactamente lo que quieres hacer?

Ryan niega con la cabeza. Al parecer, las razones de sus locuras seguirán siendo uno de sus secretos.

Nos acercamos al hotel y le digo que deberíamos sentarnos; ya he montado suficiente espectáculo por un día. Cruzamos otro casino más en dirección a los ascensores y, al tratarse del edificio más alto de Las Vegas, se me vuelven a tapar los oídos. Hay una familia en el ascensor con nosotros, y los niños sueltan una exclamación de entusiasmo cuando empezamos a ascender. Veo a Ryan mirando a una niña que no debe de tener más de tres años y me sorprendo al verlo sonreír. No sé por qué, pero había asumido que no tendría un lado paternal, quizás por lo autoritario que puede llegar a ser y porque no tiene hijos a pesar de haber estado casado. Supongo que él quizás piense lo mismo de mí. Ryan alza la vista y me sorprende mirándolo, así que decido guardar ese pensamiento y preguntárselo más tarde. Quizás mientras cenamos.

Me quedo con la mente en blanco en cuanto se abren las puertas del ascensor. No soy consciente de nada de lo que me rodea; simplemente me aferro a la mano de Ryan mientras este me lleva donde quiere ir. La vista es espectacular. Así es como me imagino que debe sentirse el estar en la cima de una montaña pero, para mí, esto no es el final de un largo viaje sino el inicio de una pesadilla. Dios, si hasta me tiemblan las manos. Seguro que Ryan lo nota.

—Jessie. —Me mira de cerca y debe de ver lo pálida que me he quedado. El sudor me cubre la frente.

—No puedo hacerlo —le digo. Hasta la voz me tiembla.

—No pasa nada —responde, llevándose mi mano a los labios y besándola—. Es algo que tengo que hacer; no hace falta que te montes.

Resoplo ante esa broma tan mala, pero ya empiezo a sentirme mejor, al menos hasta que comprendo lo que quiere hacer. El Sky Jump. Va a ponerse un arnés y saltará desde lo más alto del edificio. El corazón me sube a la boca al pensarlo.

—¿Lo dices en serio? —le pregunto, señalando el cartel.

Ryan asiente con la cabeza, con aspecto nervioso. La gente que nos rodea parece estar vibrando de entusiasmo, pero Ryan no se cuenta entre ellos. Para él, parece más bien un deber a cumplir, casi como si lo hubiesen obligado o retado a hacerlo.

—De acuerdo —digo. Me pongo de puntillas y lo beso en los labios. Parece la decisión correcta, porque noto cómo su tensión disminuye. Quiero hacer todo lo que pueda para ayudarle.

—¿Me esperarás abajo? —me pide.

—¿No quieres que me quede aquí mientras te ponen el arnés?

—Creo que preferiría que me esperases abajo. Así tendré otro incentivo más para saltar. —Se inclina para besarme suavemente y después me da otro beso en la frente—. Te veo abajo. —Le aprieto la mano, pero no quiero tratarlo como si estuviese hecho de cristal. Es un hombre, un hombre acostumbrado a enfrentarse al mundo entero y salir ganando. Quizás tenga miedo de las alturas a pesar de no admitirlo, pero no me cabe duda de que saltará. Ryan tiene una enorme fortaleza mental, y eso es lo único que hace falta para soportar los momentos duros de la vida. Algunas personas se pasan toda su existencia rodeadas de un velo de miedo, pero Ryan no es una de ellas.

Me apresuro en dirección a la zona de espera que hay en el exterior del hotel. Sé que tengo tiempo porque había mucha gente haciendo cola para disfrutar del privilegio de llevarse un susto de muerte.

Veo cómo saltan unos cuantos y los que los conocen chillan y les gritan dándoles ánimos y alabándoles. El corazón me late con fuerza; me imagino a Ryan de pie en lo alto, con el arnés puesto y la vista fija en la extensión de Las Vegas y el desierto que hay más allá. Siento una presión en el pecho por el pánico que me imagino que debe sentir. Ese velo de miedo estará ahí, presente, ese sentido innato de supervivencia que hemos desarrollado como especie. Esa parte de nuestro cerebro que se encarga únicamente de la respuesta de luchar o huir debe de estar a pleno rendimiento en la cabeza de Ryan. Trago saliva, aunque es más bien como un jadeo.

Y entonces oigo su voz.

Ryan ha saltado, pero no chilla ni maldice tal y como imaginaba que podría hacer. Lo que hace es gritar de alegría, con los brazos extendidos como si intentase alcanzar las estrellas que la luz del sol hace invisibles. Estoy entusiasmada por él y absolutamente aterrada ante la posibilidad de que el arnés falle. No suelto el aire que he estado reteniendo durante su descenso hasta que por fin vuelve a tener los pies en el suelo.

Su mirada se cruza con la mía entre la multitud mientras le quitan el arnés. Tiene las mejillas sonrosadas y una sonrisa enorme. Parece un hombre que ha conquistado a un enemigo, un hombre que ha vencido a su miedo.

Por un segundo pienso que quizás debería decirle que he cambiado de idea. Si Ryan puede hacerlo, entonces sé que yo también puedo, pero descubro que lo único que quiero hacer en realidad es estar entre sus brazos y sentir cómo me acaricia el pelo y me toca el rostro. Quiero exhalar contra su pecho y disfrutar de su victoria.

Y eso hago.

Es tan placentero como esperaba pero, justo cuando mi corazón empieza a flotar, este vuelve de lleno a la realidad porque, a pesar de lo perfecto que me parece cada momento que paso con Ryan, estamos en una cuenta atrás que no puedo olvidar sin importar lo mucho que pudiese desearlo.

16

RYAN

Llevo a Jessie a cenar a mi restaurante preferido de Las Vegas, un final perfecto para un día magnífico.

Estoy haciendo lo que me había propuesto hacer, y Jessie es la persona perfecta para tener a mi lado. Voy viendo las diferencias que van produciéndose en ella con cada hora que pasa: deja caer los hombros y adopta una postura más relajada. Su rostro irradia luz y buen humor, y su voz suena suave pero llena de confianza.

Es como ver el reflejo de lo que yo mismo siento.

Dicen que el tiempo cura todas las heridas, y quizás así sea, pero nunca hará que las cicatrices desaparezcan.

Jessie es como un bálsamo para mi alma, un bálsamo que me hace mucha falta. Necesito la frescura de su mano sobre mi frente y su rostro contra mi pecho. Necesito sostener su mano en la mía mientras nos abrimos paso por el casino de un hotel más.

Esta vez decido detenerme en una ruleta. Saco un fajo de billetes del bolsillo y se lo tiendo a Jessie, y esta me mira como si acabase de intentar darle un trozo de carne podrida.

—¿Para qué demonios es eso? —pregunta con un ceño en su bonito rostro.

—Vamos a apostar, Jessie.

—No, yo no —contesta—. Apostar es un juego de idiotas.

Al principio no me doy cuenta del veneno que contiene su voz, un veneno que me dice que su opinión no se basa en una teoría abstracta de la moralidad, sino en una experiencia que ha vivido de cerca. Le pongo el dinero en las manos, pero reacciona como si acabara de darle una bofetada.

—No lo quiero —dice—. No pienso apostar ni un centavo ni en este casino ni en ningún otro.

—Estamos en Las Vegas —replico exasperado. No es como si le estuviera pidiendo que se jugase su casa.

—Coge tu dinero —dice en voz baja pero firme. Sus ojos aguamarina destellan a modo de advertencia.

—Solo una apuesta. —Admito que estoy acostumbrado a salirme con la mía, así que su resistencia se me antoja algo que debo vencer, una reacción patética pero instintiva.

Jessie aprieta los dientes y mira el dinero que tiene en las manos; debe de haber al menos cinco mil dólares en billetes de cien.

—Quiero volver al hotel —dice. Guarda el dinero poco a poco en el bolso y después endereza la espalda, alzando la barbilla y fulminándome con la mirada.

Abro la boca para preguntarle qué demonios cree que está haciendo, pero su expresión me frena en seco.

—De acuerdo. —Salgo del casino con paso firme y sin mirar atrás para comprobar si Jessie me sigue. No me gusta caminar por delante de ella. No me gusta la sensación que me retuerce el estómago. Jessie está enfadada conmigo, pero es algo más que eso. Está decepcionada.

Cuando por fin cruzo las puertas y me encuentro rodeado por el aire nocturno es cuando me giro, y descubro que Jessie no parece estar por ninguna parte. El corazón me da un salto; ¿dónde demonios se ha metido? Darryl está a mi lado y lo fulmino con la mirada.

—¿Dónde ha ido?

Darryl niega con la cabeza.

—Le estaba mirando a usted —se disculpa. Por amor de Dios. Vuelvo a entrar al casino, pero no la veo ni entre las mesas de apuestas ni junto a las tragaperras. ¿Ha decidido irse? Quizás la oportunidad de llevarse cinco mil dólares extra haya sido suficiente para que decidiera largarse. Es un pensamiento que me llena de pánico; tengo un plan, y debo seguirlo a rajatabla. Eso es lo que hago: le doy mil vueltas a las cosas y, tras analizar todos los ángulos posibles, tomo una decisión. Y nunca me desvío de dichas decisiones.

Jamás.

Jessie forma parte de mi plan para este mes. Se supone que me ofrecerá algo de compañía mientras llevo a cabo todas y cada una de las decisiones que he tomado para esta fase de mi vida, pero parece que se ha convertido en algo más importante de lo que me había esperado o planeado.

Es en este momento cuando me doy cuenta de que no sé nada de esa mujer. No sé cuál es su número de teléfono, no sé su apellido, no sé cuándo es su cumpleaños ni los nombres de sus padres. Si decide darse a la fuga, no tendré modo alguno de volver a dar con ella a excepción de su última dirección y de su anterior trabajo.

Joder.

Yo no soy así. Me estoy relajando demasiado en mi manera de hacer las cosas y eso me llena de pánico. Debo controlarlo todo. Si no lo controlo, estoy perdido.

Me arde la garganta mientras giro sobre mí mismo, buscando frenético el halo de cabello rubio en el que ansío esconder el rostro, esos ojos azules tan inocentes y sabios al mismo tiempo y esa sonrisa que me llena de una calidez que hacía mucho que no sentía, que quizás no haya sentido jamás.

No me puedo permitir joder todo esto; es demasiado importante. Solo necesito evitar perder los nervios durante los siguientes veintisiete días, y ahora sé que, para lograrlo, necesito la ayuda de Jessie. Estoy a punto de llamar al hotel para que envíen a un equipo de seguridad y la busquen cuando la veo acercándose.

El corazón me va a mil por hora y la garganta me arde con una rabia pura y sin adulterar. ¿Cómo se atreve a desaparecer así? ¿Cómo se atreve a hacerme sentir de este modo?

—¿Dónde estabas? —gruño cuando está lo bastante cerca como para oírme. Jessie abre mucho los ojos al ver mi expresión; sé que debe de transmitir claramente mi ira.

—Tenía que ir al baño —contesta con cautela.

¿Al baño? Respiro profundamente, conteniendo el aire por un segundo antes de soltarlo poco a poco. «Respira», me digo a mí mismo. Piensa antes de hablar. Deja de ser el Ryan real y conviértete en el Ryan que eres en la sala de juntas. Controlo mis emociones al instante; sé que gritarle a Jessie por lo que acaba de pasar no me serviría de nada.

—El coche está fuera —digo. Tanto mi voz como mi expresión permanecen impasibles. Jessie parpadea, como si mi transformación la confundiera.

—De acuerdo —dice lentamente.

Extiendo la mano para indicarle que camine delante; tras lo que acabo de experimentar, no pienso dejar que vuelva a salir de mi vista.

El chófer nos abre la puerta de la limusina y Jessie entra primero, sentándose todo lo lejos de mí que puede. Mira fijamente por la ventanilla y noto al instante que las cosas entre nosotros están increíblemente tensas.

Joder.

He metido la pata hasta el fondo, pero nunca se me ha dado bien admitir mis errores o disculparme.

Volvemos al hotel en silencio y, cuando cruzamos el vestíbulo, lo hacemos el uno junto al otro pero sin rozarnos. Mi mano ansía tomar la suya, pero no lo hago. Jessie sigue mostrándose distante en el ascensor, y no la culpo. Yo también me siento distante.

Ya en la suite, va directa a la ventana y se queda mirando por ella mientras la observo con las manos en los bolsillos. Parece tan frágil; una persona diminuta enmarcada por la magnificencia de Las Vegas, tanto la natural como la creada por el hombre. No sé cómo romper el hielo. En una situación así, Corina se habría puesto a gritarme, diciéndome exactamente cuáles son sus sentimientos y todas las cosas que he hecho mal. Yo también me habría puesto a gritar y, de algún modo, acabaríamos resolviendo el problema.

—Amaba a mi marido —dice Jessie de repente. No se da la vuelta, así que no tengo ni idea de qué expresión tiene ahora mismo ni a dónde quiere llegar al decir eso. No creo que necesite que me compare con su difunto esposo, incluso si yo estaba haciendo precisamente lo mismo—. Lo amaba, pero era un hombre débil. Se jugó todo nuestro dinero y, cuando nos quedamos sin nada, apostó también un dinero que no teníamos. —Se gira, quitándose el bolso del hombro para dejarlo sobre una mesita auxiliar—. Hasta su muerte no supe la cantidad de deudas con las que habíamos acabado, y a día de hoy todavía estoy intentando pagarlas, Ryan. Cada mes tengo que hacer un pago. Necesito que comprendas que su adicción al juego me ha llevado a situaciones y me ha hecho hacer cosas que jamás habría considerado en el pasado.

Se pasa la mano por la cara, como si el mundo la tuviese exhausta, y siento náuseas. No me sorprende que se cabrease tanto cuando he sacado el fajo de billetes y le he dicho que lo apostase todo en la ruleta. Jessie abre el bolso y saca el dinero.

—Quizás tengas dinero suficiente como para tirarlo así sin más a la basura —continúa. Su mirada es triste y fría; no me gusta en lo más mínimo—. Pero no puedo formar parte de eso. Nunca podré aceptarlo.

Joder.

Respiro profundamente; sé que lo que diga a continuación tendrá un efecto enorme no únicamente en cómo me ve Jessie, sino también en las tres semanas y medias que quedan de nuestro tiempo juntos. Pero hay una cosa que tengo clara: no puedo decirle este casino es mío. No puedo dejar que descubra que al menos la mitad de mi fortuna proviene de la industria del juego.

Decido que la mejor opción es hacer aquello que siempre me ha parecido tan difícil: disculparme. Esta mujer se lo merece por la penosa situación en la que la dejó su antiguo marido y por mi falta de sensibilidad cuando he intentado que hiciera algo que ya había dicho que no haría.

—Lo siento, Jessie —le digo, acercándome y poniéndole la mano en el hombro. No se aparta, pero sí gira el rostro para quedar de perfil ante mí—. Lamento la situación en la que te encuentras y lo que ha pasado en el casino. De haberlo sabido, jamás te hubiese presionado.

Jessie exhala un suspiro cansado que me hace desear cogerla en brazos y abrazarla con fuerza. Quiero alejarla de todo el estrés que está soportando y lograr que entienda que puedo hacer que las cosas le vayan mejor.

—Coge tu dinero —dice—. Lo que tú puedes permitirte tirar a la basura, a otra persona podría cambiarle la vida. No descartes esa opción tan a la ligera.

El dinero me pesa en la mano de un modo en que no lo había hecho en mucho tiempo, como si fuese importante. Revivo un recuerdo de cuando tenía diez años: estaba caminando por la calle y vi de reojo lo que parecía dinero en la alcantarilla y, cuando metí la mano y vi que era un billete de diez dólares, sentí náuseas por el enorme entusiasmo que me embargó. Me los metí a toda prisa en el bolsillo y, cuando llegué a casa, se los di al instante a mi madre. Ella intento que me los quedase yo, diciéndome todas las maneras en las que podría gastarme el dinero: en dulces, en un juguete, en una revista, en chocolate. Quería que soñase con lo que aquellos diez dólares podrían conseguirme, pero al final le dije que quería que se los quedase para comprar algo de cena. Fuimos al McDonald's y me comí una hamburguesa con patatas y un batido, y todo estaba tan delicioso. Más tarde aquella noche, ya tumbado en la cama, oí cómo mi madre lloraba y se me rompió el corazón. Sabía que se sentía como una fracasada por no poder darme las cosas que creía que deseaba, pero lo que mi madre no sabía era que lo único que yo deseaba era que ella fuese feliz. Mi madre nunca tuvo la oportunidad de disfrutar las cosas por las que tanto se esforzaba. Nunca comprendió que el dinero que me centraba en ganar era para darle todo aquello que sabía que había sacrificado por mi bien.

Aquellos diez dólares me dieron la oportunidad de aliviar el peso con el que cargaba mi madre aunque fuese tan solo durante unas horas.

Jessie tenía razón; había perdido la perspectiva. Había dejado que mi estilo de vida y las expectativas que tenían los demás sobre lo que debería hacer un hombre con dinero me dominasen. Había olvidado por qué había querido llegar a la posición en la que estaba.

Dejo el dinero sobre el mueble y coloco la mano bajo la barbilla de Jessie, haciéndole levantar la cabeza. Veo tanta preocupación en su mirada cuando esta se cruza con la mía. Aquí estamos, en una habitación de lujo que construí para poder obtener beneficios de personas como su marido, personas cuyos deseos giran en torno a conseguir dinero gracias a la suerte y no al esfuerzo.

La beso porque es el único modo que se me ocurre de mostrarle lo que siento. Son besos suaves como la caricia de una mariposa, explorando sus labios con cada uno de ellos, saboreando su aliento. Jessie se aferra a mi hombro como si necesitase sujetarse a algo para mantener el equilibrio, y lo comprendo; yo siento exactamente lo mismo. Mis dedos se posan sobre su nuca y los paso por su cabello, profundizando nuestro beso. Quiero estar dentro de esta mujer de todos los modos posibles. Su boca es cálida y, cuando su lengua se desliza contra la mía, la sensación se extiende hasta mi entrepierna. Un cosquilleo me recorre la columna y mi miembro se endurece. Sé lo que se siente al penetrar a esta mujer, y ansío volver a hacerlo. Quiero hacerlo ahora mismo.

Hubo una época en la que habría cogido a Jessie en brazos y la habría llevado hacia la cama sin pensármelo dos veces, pero ahora no me veo capaz. Ya la he herido de sobras con mis palabras; no quiero arriesgarme a herirla también físicamente. La hago caminar de espaldas hacia la cama para que se siente en el borde, tras lo cual me arrodillo frente a ella y le quito los zapatos. Le beso ambos tobillos, acariciándole los gemelos y subiendo para besarle las rodillas. La adoro tal y como se merece que la adoren día tras día. Cuando alzo la vista descubro que me observa con atención.

—Ryan —dice, pasándome la mano por el rostro, acunándome la mejilla y acariciándome el pelo. Subo las manos por sus muslos, colándolas bajo la falda hasta encontrar el encaje de su ropa interior. Tiro ligeramente de ambos lados y Jessie cambia de posición para dejarme bajársela, y en ese momento noto su aroma y la cabeza me da vueltas de pura excitación. Joder. Quiero saborearla, quiero enterrar la cara y la lengua en su sexo, profundizando todo lo necesario hasta que Jessie no pueda dejar de temblar. Quiero darle tanto placer que olvide la realidad de su vida y solo sea consciente de este lugar de fantasía en el que está conmigo. Así que eso es precisamente lo que hago.

Le separo las piernas todo lo que puedo y disfruto de la visión de su zona más íntima. Uso el dedo para exponerle el clítoris, y Jessie se estremece ante esa primera caricia. Cuando paso la lengua por encima la encuentro ardiente e hinchada. Jadea y, cuando la tengo tan excitada como para mover las caderas en busca del orgasmo, introduzco los dedos en su cuerpo y hago que se corra. Las manos me tiemblan muchísimo. Me duelen las piernas de estar arrodillado. Me aferro al borde de la cama para ponerme en pie y Jessie alza la mirada hacia mí; parece aturdida.

Me siento junto a ella y entrelazo las manos. Joder, todavía me tiemblan.

La mano de Jessie me toca la espalda.

—Por qué estás tan lejos —me dice con suavidad. Me tira del codo—. Ven y túmbate a mi lado.

Quiero hacerlo. Quiero colocar el rostro contra su cuello y respirar su esencia hasta que la cabeza me dé vueltas, pero no puedo. No hasta que haya recuperado el control.

—Dame un minuto —contesto.

—De acuerdo. —Su voz suena débil, como si hubiese herido sus sentimientos. Estoy sentado justo a su lado, pero me siento a kilómetros de distancia. Hay demasiados secretos, demasiados años de historia que todavía no hemos compartido con el otro, y no tenemos días suficientes como para llegar a ser algo más de lo que somos ahora mismo.

¿Y qué somos ahora mismo?

¿Dos personas que tienen sexo? Ya he tenido relaciones cuyo único propósito era el placer físico, y no se parecían en nada a esto.

¿Qué significa el hecho de que desee complacer a esta mujer más de lo que deseo complacerme a mí mismo?

Noto cómo la cama se mueve a mi espalda y al instante siguiente Jessic desliza los brazos alrededor de mi cintura, abrazándome contra ella. Hace el gesto de ir a cogerme las manos y, por un momento, me aparto porque no quiero que lo note, pero después mi cuerpo parece relajarse por sí mismo y sus dedos se entrelazan con los míos.

—No estoy enfadada contigo —me dice con suavidad.

—Yo sí estoy enfadado conmigo mismo.

—No tienes por qué estarlo, Ryan.

—Creía que te habías ido —le digo.

Jessie se queda inmóvil.

—Creías que había roto nuestro acuerdo.

Asiento con la cabeza. Joder; odio toda esta mierda. Necesito alzar mis murallas, necesito recuperar el control.

Tiro de los brazos que me rodean antes de que Jessie tenga oportunidad de decir nada más y me pongo en pie.

—Quítate la ropa, Jessie —ordeno. Mi voz suena completamente fría y uniforme; así es como me siento cómodo.

Este es el único modo en el que puedo existir.

17

JESSIE

Es como si Ryan hubiese cambiado por completo de personalidad. Antes podía *sentirle*; cuando hablábamos, había emociones. Ahora ya no hay nada.

Pero hago lo que me pide porque esto es lo que necesita.

No sabe cómo ser ese otro Ryan, no se siente cómodo abriéndose ante mí, y lo entiendo de maneras en las que él jamás podría comprenderlo. Su necesidad de protegerse me resulta tan evidente; protegerse del dolor, del fracaso, de la posibilidad de perder el control de su vida.

Me quito la blusa, pasándola por la cabeza sin importarme el aspecto que tengo al hacerlo. Mi sujetador tiene el cierre en la parte frontal y desabrocharlo es fácil. No poso de manera seductora para él; esto no va de eso. Lo único que quiere Ryan de mí es que haga lo que me ordena, así que eso haré.

—Desabróchame los pantalones —sisea.

Tengo que gatear por la cama para poder alcanzarlo, y Ryan no hace el más mínimo esfuerzo de acercarse más. Mis dedos forcejean con el cinturón y después con los complicados botones de sus vaqueros de marca. No lo miro; Ryan quiere tener ese poder sobre mí, así que mantengo la mirada fija en lo que voy exponiendo: el contorno de su miembro bajo la suave tela de los bóxers.

—Sácala. —Una palabra dicha con tanta frialdad que me hace sentir un escalofrío. Uso una mano para bajarle los bóxers y la otra para sostener su miembro. Está tan duro que casi parece palpitar y aumentar todavía más de tamaño entre mis dedos, pero no lo masturbo; todavía no me ha pedido que lo haga.

—Bésala.

El ángulo resulta incómodo, así que me arrodillo, y cuando Ryan sisea adivino que debe de gustarle verme así, sumisa ante sus exigencias. Mi sexo se estremece; puede que no quiera admitirlo, pero la manera tan autoritaria en la que se está comportando me excita.

Hago justo lo que me ha dicho que haga y le beso el glande. Ryan mueve las caderas y vuelve a sisear.

—Abre la boca.

Oh, Dios. Se sujeta el miembro por la base y, una vez que he hecho lo que me ha ordenado, lo desliza sobre mi lengua. No sé qué hacer con las manos, pero necesito sujetarme a algo para mantener el equilibrio, así que las coloco sobre sus piernas.

—Pon las manos a la espalda.

Mi cuerpo reacciona antes de que mi mente tenga tiempo de procesar sus palabras.

—Eso es —musita, acariciándome el rostro. Pasa el glande por mi labio inferior y estoy a punto de correrme simplemente con eso—. Toma mi polla.

Me quedo paralizada por un instante; este Ryan no es el mismo que ha sido durante los últimos días, sino el que conocí la primera noche en la que me pidió que me desnudase para poder mirarme, cuando me arrancó mi armadura para poder ser él quien tuviese el control.

Comprendo que necesita hacerlo, pero eso no significa que me parezca bien. Comprendo que este lado suyo, el frío y dominante, me haga reaccionar de maneras de las que ni siquiera era consciente, pero eso tampoco significa que todo esto esté bien. Dejo de mantener las manos a la espalda y me pongo en pie. Ryan me sigue con la mirada, pero no dice nada para detenerme.

Entre nosotros solo hay un paso de distancia, pero bien podrían ser kilómetros.

—No tienes por qué hacer esto —le digo. Ryan hace el gesto de subirse la ropa interior, pero le sujeto la mano—. No.

Me pongo de puntillas para besar esos labios suaves. Al principio permanecen inmóviles, pero Ryan parece despertar cuando le paso la lengua por la comisura de los labios. Me sujeta el rostro entre las manos y me hace ladearlo para poder besarme profundamente y de manera prolongada mientras mis dedos se posan sobre su camisa, aferrándose a la tela y acercándolo más a mí. Tengo la sensación de que está volviendo a hacerse con el control de la situación, y eso no es lo que quiero. Lo que quiero es mostrarle que no pasa nada por dejar que sea la otra persona la que lleva las riendas de cuando en cuando, que no pasa nada por recibir placer en lugar de hacerlo tuyo por la fuerza.

Lo empujo poco a poco hacia el sillón que hay en la esquina. Si logro que se siente, podré hacer aquello que me parece que debe hacerse. Ryan rompe el beso en cuanto nota el sillón contra sus piernas y me mira de manera interrogante.

—Siéntate, Ryan —le digo con suavidad, empujándole el pecho.

Durante un momento creo que va a negarse, un momento en el que podríamos quedar en tablas, un momento que podría destrozarlo todo por completo. Pero se sienta y yo me siento al instante sobre su regazo, tomándole el rostro y apretándolo contra mi estómago. Ryan me besa ligeramente, rozándome la piel con la nariz y trazando un círculo de humedad con la lengua alrededor de mi ombligo. Noto lo húmeda que estoy al tener las piernas abiertas, y no me cabe duda de que, ahora mismo, podría sentarme sobre su miembro y me penetraría sin problemas. No puedo permitirme cometer ningún error. Necesito que el primer segundo dentro de mi cuerpo resulte tan placentero que Ryan se pierda por completo en la sensación. No quiero que me alce en el aire y vuelva a darle la vuelta a la situación. Esta vez, no quiero que sea él quien lleve las riendas.

Estoy a punto de descender sobre él cuando Ryan me da una sorpresa, tirando de mí mientras se sostiene la hombría por la base e introduciéndola en mi interior tan solo un par de centímetros. Después alza las manos para tomar mi cara entre ellas, sujetándome con fuerza mientras levanta las caderas lo suficiente para adentrarse más en mi sexo. Me sostiene la mirada mientras me penetra y, aunque todo esto es algo físico, también parece tener un elemento emocional. La expresión de Ryan es intensa y yo me siento abierta no solo en cuanto a mi cuerpo, pero también en cuanto a mi corazón. Empiezo a ondular las caderas sin apartar los ojos de los suyos en ningún momento. Me sujeta por la cintura, no para obligarme a moverme de un modo concreto, sino para sentir simplemente cómo me muevo y, aunque la hebilla de su cinturón se me clava en el muslo, el hecho de que esto sea algo que no me esperaba hace que no me importe.

Porque esto no es simplemente sexo.

Es algo que se encuentra entre sexo y hacer el amor; una transición. Lo noto dentro de mí. Sí, noto su miembro, pero hay *algo más*, se está formando un vínculo más profundo, y eso me aterra. ¿Qué demonios estoy haciendo? ¿Me estoy enamorando de un hombre que me ha comprado, un hombre que está incluso más roto de lo que lo estoy yo? ¿Me estoy enamorando de un hombre que ha puesto el límite de treinta días a nuestro tiempo juntos?

Soy una estúpida, pero eso ya lo sabía. Me enamoré de Jackson a pesar de que sabía que me traería problemas. Sí, mi esposo me amaba, pero no lo suficiente como para superar su adicción, no lo suficiente para convertirme en su prioridad. Y Ryan... ¿Me convertirá él en su prioridad?

Su vida es tan inmensa que ni siquiera llego a ser consciente de su tamaño... de su magnitud.

No soy más que Jessie, la insignificante Jessie.

Jessie, esa de la que se puede prescindir.

Ryan debe de notar cómo me alejo a él emocionalmente, porque me rodea con los brazos y me sostiene contra él. Me dice que soy hermosa. Me dice lo bien que le estoy haciendo sentir. Me dice que lo siente una y otra vez, y me duele el corazón.

Ha pasado tanto tiempo desde que alguien me ha atesorado así, tanto tiempo desde que me he sentido conectada a alguien, y resulta placentero. Tan placentero. Sé que podría caer enamorada de este hombre con una facilidad increíble, y cada hora que pasa estoy más y más cerca de acabar en una situación que acabará destrozándome el corazón por completo. Estoy cansada de estar sumida en el duelo, cansada de sufrir. No creo que pueda volver a pasar por algo así.

—Jessie —susurra—. Oh, Dios, cariño.

Noto cómo se acerca al clímax, y yo también. Cada

movimiento de mis caderas me acerca más a un orgasmo que me aterra. Ansío tanto correrme pero, al mismo tiempo, tengo la sensación de que hacerlo sería perder el control. Ryan tiene mi corazón en sus manos y, si las cierra un poco más a su alrededor, se hará dueño de él.

—Vamos, preciosa —dice mientras me acaricia la mejilla—. Córrete. Quiero sentirlo. Quiero sentir cómo te dejas ir.

No sabe lo que está diciendo. En este momento, dejarme ir es precisamente lo que más miedo me da de todo.

—Eso es —continúa diciendo cuando me muevo contra él con más brusquedad. Me está penetrando tan profundamente que duele, pero me alegro de ello; necesito que me duela físicamente tanto como me dolerá emocionalmente. Necesito tener presente mi cuerpo echo de sangre y carne—. No pares.

—No puedo —jadeo—. No puedo. —Mi voz suena frenética. Los latidos de mi corazón parecen marcar el ritmo de mi rendición.

—Sí que puedes, Jessie. —Ryan pega la cara contra mi pecho y obliga a mis caderas a seguir manteniendo el ritmo, así que me aferro a sus fuertes hombros, cierro los ojos y me dejo ir, limitándome a sentirlo todo.

Lo siento incluso a pesar de saber que estoy siendo una idiota. Lo siento aunque sé que todo esto va a acabar muy mal. Lo siento aunque tengo la sensación de que el corazón se me va a romper en más pedazos de los que podré juntar jamás.

Ryan se corre dentro de mí y su miembro se hincha cuando él también se deja ir. Grita, exhalando un aliento ardiente contra mis pechos y exclamando su rendición contra mi corazón.

Me quedo laxa y perdida, pero Ryan me sostiene como si fuera consciente de ello. Me lleva en brazos a la cama y me tumba con suavidad, tras lo cual se quita la ropa con rapidez y se tumba a mi lado. Me atrae contra él de tal modo que mi rostro queda oculto contra el suave vello de su pecho y siento cómo me arde la garganta por toda esta ternura.

Me acaricia el estómago y las caderas antes de colocar la mano entre mis piernas. La mantiene allí con un gesto posesivo mientras yo dejo que sienta cómo todo lo que ha vertido en mi interior gotea lentamente de mi sexo.

No hablamos, y me alegro, porque no hay nada que pueda decirle. No sería justo que le explicase lo que siento; esto no es una relación, es una transacción.

No quiero hundirme delante de él. El objetivo de este mes es que Ryan logre algo. No sé de qué se trata exactamente, pero está claro que no son unas simples vacaciones.

Ojalá pudiese preguntárselo. Ojalá fuésemos amigos y supiese qué es lo que alberga su corazón.

Pero, mientras Ryan cae dormido, acepto que este es el camino que estoy recorriendo. Todas las decisiones tienen un precio, y el precio que estoy pagando para ser libre de todas mis deudas es mi corazón.

18

RYAN

La mañana ha llegado, el inicio de un nuevo día. Estoy un paso más cerca del final de mi mes con Jessie.

Tengo tiempo. Tiempo de sobra.

Lo importante en todo esto es cumplir mis objetivos y seguir el plan pero, mientras la miro dormir, tengo la sensación de que no es eso lo que debería hacer.

Veinticinco días.

He tomado una decisión y no pienso desviarme de ella. Todavía lo estoy pensando cuando la mano me empieza a temblar, cosa que me dice que estoy haciendo lo correcto.

Ojalá hubiese conocido antes a Jessie. Ojalá tuviéramos una cantidad de tiempo ilimitada para llegar a conocernos, porque todo lo que estoy descubriendo de ella está resultando ser perfecto. Es una mujer buena con un corazón amable y valores que puedo respetar. Es mucho más de lo que hubiese podido esperar, y me parece cruel, me parece un terrible giro del destino el poner a alguien tan encantador frente a mis narices en un momento en el que no puedo amarla tal y como se merece.

Anoche la oí llorar y no supe qué hacer. Sé que la muerte de su marido todavía la afecta y espero no haber empeorado su pena, ¿pero cómo podría no haberlo hecho? Esta situación está plagada de errores. Dos personas sumidas en la pena unidas, dos corazones rotos; es peligroso, lo sé. Podría darle a esta mujer todo lo que su corazón anhele. Tengo el dinero necesario para hacer realidad todos sus deseos, pero lo único que no puedo darle es precisamente aquello que más necesita, lo que todo el mundo necesita por encima de todo lo demás.

Me levanto; no puedo seguir aquí tumbado y perdido en mis pensamientos. Me ducho y miro las noticias; hasta enciendo el móvil a pesar de que en realidad ahora mismo no quiero estar en contacto con el mundo exterior. Solo compruebo los correos electrónicos de mi asistente. La junta ha estado haciendo preguntas y mi asistente me advierte de manera sutil de que debo anunciar mis vacaciones y no esperar que lo haga ella en mi nombre.

Parece que hasta ahora no hay nada que exija mi atención. La empresa sigue adelante sin mí, algo que supone un alivio. Sentirse necesario siempre es agradable, pero no soy tan idiota como para creer que soy indispensable. El mundo no funciona así. Nacemos, morimos y el mundo sigue girando sin nosotros.

Jessie por fin se levanta y acude en mi busca; va vestida con el albornoz del hotel y se la ve adorable, mullida y suave. Sé que debo establecer cómo va a ir el día de hoy, así que me levanto y la abrazo, besándole la cabeza antes de darle una palmada en el trasero.

—Será mejor que se duche, señorita —digo—. Tenemos planes.

—¿Ah, sí? —contesta—. ¿Qué clase de planes?

Me río.

—De esos que seguirán siendo un secreto hasta que lleguemos al lugar en cuestión.

Jessie frunce el ceño.

—¿Por qué tanto secretismo, señor mandón?

—Porque es divertido, señorita curiosa. Ahora mete ese culo tan sexy en la ducha antes de que nos perdamos dicha diversión.

Me quedo mirando cómo se marcha, incapaz de quitarle los ojos de encima. El suave balanceo de sus caderas me tiene hipnotizado.

Le lleva casi una hora el volver a aparecer, esta vez lista para hacer frente al día. Me encanta la ropa que Geraldine le ha comprado; encajan con su cabello y su piel y todo es sutil y elegante.

—¿Lista? —le pregunto.

—No tengo ni idea. Ayer me daba algo de miedo lo que pudieses tener planeado para mí.

—Saliste bastante bien parada —me río.

—Mmm… El que quieras morir no significa que todos tengamos que seguir tus pasos.

El corazón me da un salto ante sus palabras, pero Jessie pasa junto a mí para coger el bolso que dejó en la mesita auxiliar y ni siquiera se da cuenta. Respiro profundamente.

—El coche nos espera —digo por decir algo.

—En ese caso, en marcha.

Bajamos en el ascensor y Jessie mantiene una conversación relajada sobre la comida de la noche anterior.

—Sigo sin creerme que esté aquí —dice—. Las Vegas… no parece un sitio real. Es como un mundo de fantasía.

—Eso es lo que hace que sea un sitio tan fantástico.

—¿Y por qué necesitas tú un mundo de fantasía, Ryan? Toda tu vida parece una fantasía.

—Todos vivimos nuestras propias realidades, Jessie. Hasta los hombres como yo necesitan cambiar de ambiente de vez en cuando.

—Un descanso del paraíso —bromea, dándome un codazo en las costillas.

—Sí… Lo sé… Mi vida es tan difícil. —Pongo los ojos en blanco y Jessie echa a reír.

—Sé que trabajas duro —dice. Su mano encuentra la mía justo cuando se abren las puertas del ascensor y cruzamos el vestíbulo como si fuésemos una pareja que lleva años casada. Se siente bien. Demasiado bien.

No hace falta que le diga al chófer dónde llevarnos; ya lo sabe, así que Jessie y yo nos ponemos cómodos en el asiento trasero. Darryl nos acompaña hoy, mirando alrededor en busca de cualquier amenaza en potencia. Parece más alerta que de costumbre tras la metida de pata de anoche; supongo que no era consciente de lo protector que quería que fuese con Jessie mientras estuviese bajo mi cuidado.

Nos sirvo una copa de champán. Jessie no quiere beber tan pronto, pero le digo que se trata de un día especial y que debemos aprovecharlo al máximo.

Ya está un poco borracha cuando llegamos a nuestro destino.

—Oh, Dios —chilla al ver los helicópteros—. ¿Vamos a subirnos en uno de esos?

—Vamos al Gran Cañón, dulzura —contesto, y me

rodea el cuello con los brazos.

—Esto está en mi lista de cosas que debo hacer al menos una vez en mi vida antes de morir, Ryan. No me puedo creer que me lleves a hacer algo así.

Sus palabras me sobrecogen por segunda vez en un día. Quiero preguntarle por qué demonios iba a tener alguien tan joven una lista de cosas que hacer antes de morir, pero no lo hago. Lo comprendo; perdió a su marido y sabe lo frágil que es la vida.

—¿Pero no te dará miedo el tema de la altura?

Asiento con la cabeza.

—Seguramente, pero se trata de algo que siempre he querido ver. Valdrá la pena.

—Será mejor que le digamos al piloto que necesitarás una bolsa, por si vomitas.

Ahora me toca a mí fruncir el ceño.

—¡No creo que sea necesario, pero gracias por tu preocupación!

Se ríe.

—Eres un hombre divertido, Ryan Gosling.

—Me alegra que te resulte tan gracioso.

—No, no me resultas gracioso. —Jessie me besa suavemente en los labios y me aprieta el bíceps—. Usted, señor mandón, está a punto de hacer realidad uno de mis sueños.

—Bueno —digo mientras le acaricio el pelo—. Entonces mi trabajo está hecho.

Jessie se apresura a salir del coche y se queda mirando los helicópteros como si fuesen alguna clase de bestia mitológica. La cojo de la mano y nos dirigimos al edificio en el que nos apuntaremos al vuelo. He reservado un helicóptero para nosotros solos; no quería que hubiese nadie más. Es algo que solo disfrutaremos nosotros dos; no necesito a ningún testigo si resulta que no logro contener mi miedo.

La mujer que nos explica la ruta suena tan animada y alegre que casi da náuseas, y después nos acompañan desde el edificio hasta el helicóptero en cuestión. Nos ponemos los cascos para poder oír tanto al piloto como el uno al otro, y cuando Jessie me coge de la mano acepto su gesto, agradecido por el contacto. El corazón me late con fuerza en la cabeza cuando el piloto empieza a prepararlo todo para el vuelo. El sonido de las hélices cobrando vida es ensordecedor, incluso con los cascos puestos.

Miro por la ventana, fijando la vista en el horizonte e intentando respirar profundamente. En cuestión de un minuto estaremos en el aire, sostenidos únicamente por una máquina creada por el hombre. Esto es mucho peor que lo de ayer. Mi miedo me grita que me baje del helicóptero. Hace dos meses, jamás hubiese intentado algo así, pero hace dos meses tenía una opinión completamente distinta de mi vida.

—No me puedo creer que lo estemos haciendo —chilla Jessie.

El piloto se ríe.

—Bueno, señorita, dentro de poco estaremos en el aire, así que ya puede creérselo.

—¿Estás bien? —me pregunta Jessie, apretándome la mano.

Asiento con la cabeza; el nudo que tengo en la garganta me impide hablar. Me pregunto qué sentiré una vez que estemos allí arriba. No será como volar en avión; en mi jet privado puedo bajar la persiana en todas las ventanillas y evitar mirar por ellas, puedo beber hasta sentirme más relajado y hasta he escogido personalmente al piloto para estar al tanto de cuánta experiencia tiene volando. He personalizado mi avión hasta un punto casi perfecto, un punto que me permite dominar ese miedo.

Pero esto está completamente fuera de mi control. He elegido a la empresa con mejor reputación y le he pedido a mi asistente personal que compruebe los antecedentes del piloto, pero no estoy seguro de si han revisado el helicóptero como es debido y los helicópteros son, en general, mucho más peligrosos que los aviones. Es un aparato de buen tamaño, pero me parece endeble, como si un poco de mal tiempo pudiese derribarlo sin demasiado esfuerzo.

Empezamos a alzarnos del suelo y Jessie se lleva mi mano a los labios, besándola. La mantiene ahí y me concentro en la suavidad de su boca, en la calidez de su respiración y en la sonrisa que siento y que me dice que sonríe de puro entusiasmo. Me concentro en esta mujer que está haciendo que el viaje de este mes sea mucho mejor y, al mismo tiempo, mucho peor.

—Estamos volando —dice. El piloto vuelve a reírse.

—Es un día bueno para volar, despejado —comenta—. Pero el clima puede cambiar bastante rápido por esta zona. Crucemos los dedos para que sea un viaje sin contratiempos.

Jessie me mira de reojo con nerviosismo a sabiendas de que eso sea seguramente lo peor que podía decir el piloto pero, a medida que ganamos altura y empezamos a adentrarnos en el paisaje de Nevada, mi miedo va menguando. Me concentro en el horizonte, en la belleza natural que se extiende ante mí como salida de una postal. Me concentro en la calidez de la mano de Jessie y en la expansión sin fin del brillante cielo azul.

Y es magnífico en el sentido más sincero de la palabra.

Estoy absolutamente asombrado por lo que veo.

El piloto sigue la falla una vez llegamos al cañón. He elegido no aterrizar dentro por miedo a no ser capaz de soportar otro despegue, pero disfrutar de las vistas de una de las maravillas de naturaleza con las que cuenta el planeta es más que suficiente. Espero que también sea suficiente para Jessie.

Esta saca su teléfono y hace una foto a través de la ventana, tras lo cual se da la vuelta y sostiene el móvil en alto para hacerse una selfie. Resulta extraño pensar que hemos follado pero nunca nos hemos hecho una foto juntos. Si nos separásemos hoy, no quedaría la más mínima prueba de que llegamos a conocernos siquiera. Jessie me pasa el brazo por los hombros y alzo la vista para ver nuestra imagen en la pantalla; la sonrisa de Jessie es tan amplia que jamás podría igualar su exuberancia. Sonrío y, aunque mi sonrisa parece forzada, Jessie saca una foto de todos modos. Quizás crea que se trata de los nervios, pero en realidad es porque estoy pensando en el futuro, en lo que podrían pensar otros al verlas y en lo que dirían de nuestro vuelo juntos. Los medios pueden comportarse de manera muy extraña cuando se está en una posición como la mía, y mantenerse lejos de los focos nunca es fácil.

Tras la muerte de Corina mi vida personal quedó plasmada en todos sitios. Los medios hicieron de todo, desde proclamarme como un soltero recién entrado en el mercado hasta especular sobre mi salud mental. Estar tan expuesto resulta increíblemente agotador.

No se trata de que no confíe en la capacidad de Jessie de mantener las fotografías en privado. No logro imaginarla vendiéndoselas al mejor postor, no con lo que sé de ella, pero no puedo negar que tiene deudas y que las preocupaciones financieras pueden llevar incluso a la persona con más principios a salir de su zona de confort.

Pero supongo que una fotografía en la que se me ve

feliz junto a una mujer hermosa tampoco es la peor imagen que podrían plasmar los periódicos.

Jessie y yo nos pasamos los siguientes minutos admirando la increíble belleza del cañón mientras yo procuro seguir respirando profundamente. Le planto cara a mi miedo y me siento más fuerte al hacerlo. Me concentro en esa fuerza porque sé que llegará un momento en que voy a necesitarla, en el que necesitaré recordar estos días y todas las barreras mentales que estoy superando.

Una vez de nuevo en nuestro coche, decido que deberíamos ir directos al hotel en lugar de hacer una parada para comer. Creo que podríamos relajarnos durante un rato; quizás lleve a Jessie al spa para que la traten como una princesa durante toda la tarde. Se lo merece tras soportarme durante toda la mañana.

Subimos a nuestra habitación y llamo a recepción para organizar los preparativos. Jessie está entusiasmada ante la perspectiva de que la mimen, pero quiere que vaya con ella. Dice que me irá bien, y seguramente tenga razón. Hago otra llamada a recepción y hago otra reserva para mí. Todo el personal del hotel sabe que no deben dirigirse nunca a mí como el propietario del hotel; deben tratarme como a cualquier otro huésped, y lo hacen de manera impecable.

—¿Qué tratamientos has pedido? —me pregunta Jessie mientras esperamos el ascensor.

—Uno facial relajante, un masaje de tejido profundo, una pedicura, una manicura, y exfoliación.

—Así que crees que necesito una buena limpieza —me dice, fingiéndose indignada.

Pongo los ojos en blanco.

—No tengo ni idea de lo que significan la mitad de esas cosas; simplemente me han dicho lo que suelen pedir las mujeres.

—Ah… ¿Entonces a eso es a lo que invitas a todas las mujeres que traes?

Niego con la cabeza.

—Estás recibiendo un trato preferente, Jessie. Y no traigo a mujeres por aquí.

Su expresión se convierte en una de incredulidad.

—¿No traes a mujeres?

—¿Por qué te resulta tan difícil de creer?

—Porque eres tú —dice en voz baja.

—Oh, y crees que soy un ligón, ¿no?

Jessie frunce el ceño.

—Ligón no, Ryan. Más bien que lo tienes todo.

—¿Que lo tengo todo?

—Sí… ya sabes. Todo lo que la mayoría de las mujeres quiere en un hombre.

Quizás eso fuese cierto en el pasado, pero ya no lo es.

—¿Y qué sería eso que quieren, Jessie?

Levanta la mano y va extendiendo los dedos a medida que enumera atributos.

—Alto, guapo, con confianza, respetuoso…

Todavía no ha extendido el pulgar.

—¿Te olvidas de rico?

—En realidad no —contesta—. ¿Acaso no has notado ya que el dinero no es tan importante como lo son otras cosas?

—La mayoría de las mujeres buscan seguridad —respondo. Desde luego así lo confirma mi experiencia.

—Seguridad, sí, pero eso no se logra únicamente con

dinero. Una persona puede tener dinero y usarlo para controlar y hacer daño a otros. Puede tener dinero pero malgastarlo y dejarte sin nada. —Los ojos se le aguan ligeramente al decir esa parte, así que le rodeo los hombros con el brazo y la acerco a mí—. La seguridad se basa en tener a un hombre que siga a tu lado en lo bueno y en lo malo, alguien que te dé prioridad porque sabe que tú harías lo mismo por él.

Le acaricio el pelo.

—Así que, ¿el dinero no te importa? —le pregunto, pensando en los cincuenta mil dólares que tiene guardados en la caja fuerte de la habitación que le he cedido en mi casa.

—Si pudiera elegir entre un hombre con dinero y uno como el que te acabo de describir, elegiría a uno que se mantuviera a mi lado.

—Pero no siempre hay por qué elegir entre una cosa y la otra.

Se encoge de hombros.

—No, pero la mayoría de las veces se tiene que elegir. El dinero tiende a sacar lo peor de las personas. —El ascensor llega y Jessie se aparta, peinándose con los dedos y respirando profundamente—. En fin, deberíamos disfrutar de los tratamientos —dice, mostrando una amplia sonrisa que parece falsa.

—Esa es la idea, Jessie.

El ascensor nos lleva al spa en un abrir y cerrar de ojos. La recepcionista es extremadamente profesional y nos acompaña a una «sala para parejas» para presentarnos a nuestros terapeutas.

Empiezan con el tratamiento facial, tras el cual llega el masaje. Me siento las extremidades sueltas y laxas mientras me masajean los músculos a la perfección y, cuando abro los ojos para ver cómo está Jessie, la pillo mirándome.

—Es genial —musita mientras la terapeuta usa el codo para deshacer los nudos que Jessie tiene en los hombros. La curva de sus nalgas es tan jodidamente tentadora, pero me veo obligado a apartar esos pensamientos de mi mente; no es ni el momento ni el lugar.

—Disfruta —susurro en respuesta, y vuelvo a cerrar los ojos.

Una vez hemos acabado en las salas de tratamiento nos llevan cubiertos con unos albornoces a una zona distinta para hacernos la pedicura y manicura. Me siento ridículo aquí sentado con los pies metidos en agua caliente, pero Jessie se está divirtiendo tanto que vale la pena.

Acabamos convertidos en dos personas completamente relajadas y aseadas. Jessie se decide por una manicura francesa para que tanto las manos como los pies tengan un aspecto bonito y natural, y también la maquillan y peinan. Al salir del spa le digo que vamos a cenar fuera; el asador es espectacular. Lo sé bien, a fin de cuentas yo mismo elegí al jefe de cocina y le pago una fortuna para que siga trabajando aquí. Es un restaurante bastante relajado, con fotografías antiguas en blanco y negro y una mezcla de cubículos y mesas tradicionales. Elegimos un cubículo y nos sentamos bastante juntos el uno del otro mientras consultamos el menú. Convenzo a Jessie de que deberíamos elegir el filete chateaubriand con espárragos, patatas dauphinoise y crema de espinacas, tras lo cual pido una buena botella de vino tinto y nos disponemos a esperar.

—Están siendo unas vacaciones fantásticas —dice Jessie. Me toca el brazo con suavidad—. Resulta una locura que pueda disfrutar de todo esto contigo… teniendo en cuenta nuestro acuerdo y todo eso.

—¿Crees que debería estar alimentándote a base de pan

y agua y encerrarte en una habitación? —bromeo.

Me da un pequeño puñetazo en el hombro.

—¿Por qué ser tan extremo, señor Gosling? Existe un término medio, sabes.

Me echo a reír; nunca he aspirado a llegar a ningún término medio.

—Supongo que así es, señorita Jessie.

Jessie toma un sorbo de vino.

—¿Y qué aventura que desafíe a la muerte tenemos planeada para mañana?

Que desafíe a la muerte.

Sus palabras vuelven a hacerme mella a pesar de que no sabe lo que dice.

—Es un secreto —logro decir a pesar del nudo que siento en la garganta.

Una sombra oscurece nuestra mesa y alzo la vista, esperando que se trate del camarero, pero no. Es una persona con la que no me apetece hablar en lo más mínimo.

—Vaya, pero mira quién tenemos aquí. —Sam Drayton, el propietario del casino Drayton, se yergue sobre la mesa. Mide metro ochenta y tiene la constitución de un tanque; es un hombre al que resulta imposible pasar por alto.

—Sam —contesto, estrechándole la mano. No puedo dejar que me vean siendo maleducado, pero no quiero ponerme a charlar con él con Jessie presente.

—Ryan Crawford —dice en voz alta, agitando mi mano arriba y abajo. Contengo una mueca; eso era justo lo que no quería que dijese. No miro a Jessie para comprobar si se ha dado cuenta de lo que ha dicho—. ¿Qué te trae por Las Vegas?

Sam sabe que ha pasado mucho tiempo desde que visité mi hotel. Este proyecto era el pequeñín de Corina y, hasta hace poco, venir me dolía demasiado.

—Me estoy tomando unas pequeñas vacaciones —digo.

Los ojos de Sam se desvían hacia Jessie y sonríe de oreja a oreja.

—Es un placer conocerte —le dice, tendiéndole una mano gigante para estrechársela. Jessie parece aceptarla de mala gana.

—Te presento a Jessie —intervengo, principalmente porque Sam me ha obligado a ello.

—Muy bonita. —Veo cómo se encoge Jessie.

—¿Vas a quedarte mucho tiempo en la ciudad? —le pregunto a Sam cuando este se toma su tiempo en soltarle la mano.

Me sonríe con aire de tiburón.

—El imprescindible. —Vaya, una respuesta críptica. Seguramente esté buscando más terreno para construir otro casino, pero eso no me interesa en lo más mínimo. No tengo planes de expandir el proyecto de Las Vegas, especialmente ahora.

—Bueno, espero que te lo pases bien —digo—. Ha sido un placer verte. —Es lo más parecido a una despedida que puedo pronunciar, y veo que Sam se percata de ello.

—Estoy seguro de que lo haré —replica con su habitual tono arrogante.

Miro a Jessie de reojo mientras Sam se aleja; parece paralizada, y sé que ha comprendido que el casino y el hotel en el que nos alojamos me pertenecen.

Lo sabe, pero no sé cómo puedo defenderme.

Mantengo una conversación trivial hasta que llega la

comida.

Continúo mientras comemos.

Y nada parece real.

19

JESSIE

Ryan es el dueño del hotel. Es el dueño del casino. Me ha mentido sobre su nombre, ¿y por qué? Para que no supiera quién es realmente, para que no supiera que saca beneficio de aquello que me ha arruinado la vida.

Oh, Dios. No sé qué hacer. Estoy sentada con él en el restaurante, comiendo un plato fantástico que ahora me sabe a cartón. Charlo de esto y de aquello con él, pero las entrañas se me retuercen con una sensación de lo más desagradable.

La decepción.

No soy tan estúpida como para creer que alguien puede hacerse tan rico como Ryan sin aplastar a algunas personas o cometer ciertos actos poco éticos, y a la mayoría de la gente este tipo de negocio ni siquiera le molestaría. Lo sé. Sé que el juego, especialmente en Las Vegas, es una actividad esencial. Sé que mi experiencia personal hace que sea muy sensible al respecto, pero no puedo cambiar quién soy ni cómo ha afectado mi vida a mi punto de vista. No soy capaz de decidir permanecer con Ryan a pesar de todo esto.

Me ha mentido.

Y no comprendo por qué.

Al principio quizás tuviese una razón. Yo no era más que una desconocida, y supongo que todavía lo soy a pesar de haber abierto mi cuerpo y mi mente para él de un modo en que no lo había hecho con nadie a excepción de mi esposo, pero ha tenido oportunidades de decirme la verdad. Cuando le conté lo que opinaba del juego y lo que me había pasado, tuvo la oportunidad de admitir que la suite en la que nos alojamos es su suite personal, que el hotel en el que estamos de vacaciones es suyo, un hotel con cimientos basados en hombres y mujeres dispuestos a derrochar el dinero que tanto les cuesta ganar en una oportunidad de obtener beneficios fáciles.

Ryan sabe que, en este instante, estoy fuera de mí. He visto cómo se ha quedado inmóvil por un segundo cuando ese hombre enorme y maleducado lo ha llamado Crawford delante de mí. Ha tenido la oportunidad de explicar a lo que se refería Sam, pero no lo ha hecho. En lugar de eso está hablando de los espectáculos que hay en Las Vegas y cuáles podrían gustarme para ir a verlos con él. Está haciendo planes para unas vacaciones que no pienso prolongar.

Necesito el dinero que guardé en su caja fuerte, pero ahora ya no lo quiero. A mis ojos, es dinero sucio. Tengo la sensación de estar beneficiándome de la miseria de otras personas, y no quiero resolver mis problemas de ese modo.

—El nuevo espectáculo del Circo del Sol sobre Michael Jackson ha recibido reseñas bastante buenas —dice.

—Sí, he oído que está bien. —Mi voz suena plana. Parezco tan poco entusiasmada que, bajo circunstancias normales, me preguntarían qué me pasa, pero Ryan no lo hace. Sabe que, si lo hace, abrirá el cajón de mierda. Sabe que se lo recriminaré y no quiere darme oportunidad de hacerlo.

Está intentando evitar lo inevitable.

Al acabar la comida me pregunta si quiero ir a uno de los bares del hotel a tomar algo, pero rehúso la idea.

Vamos hacia el ascensor y, por el camino, el nudo que tengo en la garganta no deja de crecer. Ya en la suite le digo que necesito darme un baño relajante y me encierro en el baño para llorar todo lo que me pide el cuerpo.

Me siento tan traicionada.

Cuando me veo obligada a hacerle frente de nuevo, le digo que me duele la cabeza y que necesito irme a dormir temprano.

Es imposible que no vea lo enrojecida e hinchada que tengo la cara pero, una vez más, no dice nada al respecto.

Me meto en la cama que hemos compartido como si fuese una anciana agotada, de cara a la pared y cubriéndome hasta el cuello con las sábanas. Ryan no viene a la cama; se marcha a otra habitación de la suite y oigo el murmullo distante de su voz mientras hace varias llamadas. Aprovecho para sacar mi teléfono y buscar el nombre Ryan Crawford en Internet; necesito saber algo más de él antes de tomar la decisión que no deja de rondarme la cabeza.

Hay tantas fotografías de él: dándose la mano con hombres de negocios vestidos de traje, en galas benéficas, con su esposa.

El corazón se me encoge. Sé que está muerta, pero sigo sintiendo el pinchazo de los celos. Era una mujer hermosa y refinada y Ryan la tocaba como si fuese un tesoro; me resulta difícil no apartar la vista.

También hay artículos sobre él y los leo por encima.

En su mayor parte son positivos. No logro encontrar ningún trapo sucio, algo que me sorprende en la misma medida que me alivia.

Lo que sí encuentro es mucha información sobre el hotel y casino Crawford, primero especulaciones sobre su apertura y después comentarios sobre lo sorprendidos que se quedaron los mercados por la participación de Ryan en el proyecto. Es innegable: es dueño del hotel.

No puedo seguir quedándome aquí.

Los cinco mil dólares que Ryan quería que apostase siguen sobre la mesita; trata todo ese dinero del mismo modo en que la mayoría de los hombres tratan un puñado de monedas. Podría cogerlo y usarlo para pagar un vuelo de vuelta a casa. Podría usarlo para huir de su vida.

La decisión que planeaba sobre mí se convierte en algo sólido en mi mente y, aunque sé que es lo correcto, el corazón me duele de todos modos. Sé que no es un mal hombre, incluso a pesar de tanto engaño, pero se trata de un tema en el que no puedo ceder, no cuando ya he tenido que ceder tantas partes de mí misma.

Tengo que esperar más de una hora hasta que Ryan vuelve al dormitorio. Se ducha y oigo cómo se mueve por la habitación, hasta que al final se tumba en la cama junto a mí. Siento su inseguridad. Está completamente inmóvil, y tarda una eternidad en caer dormido, lo que hace que me pregunte si quizás está pensando en qué hacer. ¿Estará debatiendo consigo mismo la posibilidad de contármelo? ¿Estará contemplando la opción de ser sincero? No puedo quedarme para averiguarlo porque, diga lo que diga, para mí nada cambiará.

Una vez que estoy segura de que está completamente dormido salgo de la cama y cruzo la habitación todo lo rápido que puedo. Me pongo unos vaqueros, una blusa y cojo el bolso y el dinero. Salgo de la habitación haciendo el menor ruido posible y sin mirar a Ryan; no confío en mi capacidad de seguir adelante si lo hago. Mi fuerza de voluntad se me antoja frágil y el corazón me duele al dejar a Ryan atrás. La preocupación no deja de corroerme en el ascensor. ¿Se despertará y vendrá a por mí?

Aunque espero que no lo haga, una parte de mí no deja de desear lo contrario.

Es esa estúpida parte de mi persona que cree en el amor a pesar de todas las lecciones que me ha dado la vida para que aprenda que no se puede confiar en él. El amor no te mantiene abrigada por la noche ni protege tu corazón. El amor no cumple sus promesas. No es más que una enorme decepción, una serie de sacrificios que duelen y desilusionan. Es un legado de traición y pérdida.

Ya debería saberlo.

Mantengo la cabeza gacha mientras cruzo el vestíbulo, rezando para que nadie se fije en mí. Ahora sé que todos son conscientes de que me estoy alojando con el dueño del hotel, y si llegan a fijarse en mí podría tener un problema gordo. Una vez fuera, hago cola para coger un taxi. Hay de sobra, así que lo único que tengo que hacer es esperar a que la pareja que tengo delante coja uno y ya puedo ponerme en marcha.

—Al aeropuerto —le digo al taxista.

—¿No tienes equipaje, preciosa? —Me examina con ojos saltones.

—Hoy no —contesto, abrochándome el cinturón.

El viaje se ve dominado por el estrés mientras uso el teléfono para buscar algún vuelo. Hay uno que despega dentro de tres horas; es mucho tiempo de espera y sé que, cuanto más rato esté en el aeropuerto, más posibilidades hay de que Ryan me atrape. Pero, por desgracia, parece que no me queda otra opción. Esta vez no hay ningún jet privado esperándome.

Me dirijo al check-in para vuelos nacionales y, una vez superada la seguridad, me acomodo en una cafetería mientras espero. Alguien ha dejado un periódico en una de las mesas, así que lo cojo y lo ojeo para mantener la mente ocupada y no empezar a arrepentirme de mi decisión. Todas las noticias son tan depresivas como de costumbre y, las que no lo son, son simples cotilleos de famosos; no encuentro nada interesante hasta que llego a la sección de negocios, al final de todo. Hay un artículo sobre Crawford Inc., el imperio empresarial que ahora sé que le pertenece a Ryan. Leo por encima que en la bolsa se especula con algún tipo de cambio radical en la compañía gracias a un informador interno que ha anunciado que Ryan Crawford se ha ausentado varios días sin previo aviso. Según el periódico, la junta de directores no estaba al tanto de los planes de Ryan de irse de la ciudad y no tienen ni idea de dónde está o por qué no contesta a las llamadas.

Estoy de lo más sorprendida. Ryan no me parece precisamente irresponsable, especialmente cuando se trata de negocios. Al contrario; pensé que habría planeado meticulosamente su agenda para poder realizar el viaje sin que hubiese el más mínimo problema.

Hacia el final del artículo, el periodista se pregunta si Ryan se estará cogiendo unos días libres por los problemas mentales con los que todavía carga tras la muerte de su esposa. La fotografía de Ryan que han adjuntado es horrible: se le ve ojeroso y más delgado de lo que está ahora. No sé cuándo se la hicieron, pero no es una representación real del hombre al que he dejado hace poco en la cama. Debe de ser una imagen antigua, o quizás sea su expresión o cosa de la luz. Sea como sea, me parece una historia sin ninguna prueba en la que basarse, un artículo diseñado para hacer daño tanto a Ryan como a su compañía.

No entiendo por qué estaría filtrando información como esta alguien de la empresa, y tampoco me gusta. Puede que le esté dando la espalda a Ryan y a nuestro acuerdo, pero sigo preocupándome por él. Siento la necesidad de protegerlo, y se me rompe el corazón por él. ¿Será verdad toda esta especulación sobre su salud mental? Por primera vez, empiezo a preguntarme por qué está haciendo tantas cosas arriesgadas. Tiene miedo a las alturas pero no deja de obligarse a sí mismo a enfrentarse a retos cada vez mayores. A saber qué habría querido hacer mañana; en lo alto del Stratosphere hay atracciones todavía más enloquecidas y atrevidas. Es casi como si quisiera morir.

La idea de que Ryan podría estar tentando al destino a propósito me da ganas de llorar. ¿Está buscando una manera de ponerle fin a todo? ¿Se está forzando a vivir situaciones incómodas porque ya no logra sentir nada?

Cuanto más pienso en ello, más ganas tengo de volver con él. Si le pregunto al respecto, ¿sería sincero conmigo? A pesar de lo mucho que me importa Ryan, dudo que quisiera revelarme más sobre sí mismo de lo que ya me ha revelado. No es un hombre que disfrute mostrando debilidad frente a otros. Solo me ha dejado adentrarme un poco tras sus escudos, lo justo para lograr que aceptase su acuerdo y después ha vuelto a echarme.

Cierro el periódico y oculto el rostro entre las manos. No logro detener las lágrimas cuando estas aparecen, así que le doy la espalda todo lo que puedo al resto de clientes. Estoy en una situación peor a la que estaba antes de que Ryan entrase en el *Kitty Cat Club* y pusiera mi vida patas arriba. Tengo algo menos de cinco mil dólares en el bolso, he dejado gran parte de la ropa que puedo ponerme en la mansión de Ryan y no puedo volver. El dinero que me dio también está allí y no puedo ir a por él. Mi trabajo en el club está en riesgo; espero que me dejen seguir trabajando, porque no tengo otra opción.

Siento el impulso de llamar a mi hermana, de abrir mi corazón y contarle todo lo que ha pasado desde la muerte de Jackson. Quiero ser sincera sobre lo perdida que me siento, pero no puedo. Estoy fracasando en la vida y no puedo admitirlo frente a ella.

Esperar mi vuelo me resulta horrible. Estoy volviendo a una vida que esperaba poder dejar atrás; es como si me estuvieran arrebatando mis sueños pero, en el fondo, sé que es todo culpa mía.

Sabía que acabaría pasando.

Sabía que, si aceptaba el acuerdo de Ryan, me arriesgaría a enamorarme de un hombre que nunca podría ser mío y a que me rompieran el corazón en el proceso.

20

RYAN

Me despierto a la mañana siguiente y descubro que estoy solo en la cama. Creo que esperaba que Jessie siguiese enfadada. Quizás haya ido a ducharse; soy consciente de que las cosas no van bien entre nosotros.

Tardo un rato en comprender que Jessie no está en ninguna parte de la suite. La busco por todas partes antes de buscar su bolso, y tampoco logro dar con él. El dinero que había sobre la mesita también ha desaparecido.

Joder.

Se ha ido.

Sin despedirse, sin decirme nada.

¿Y por qué? ¿Porque no le dije que soy el dueño del hotel? ¿De verdad es tan horrible como para romper nuestro acuerdo? No hay ninguna nota que explique sus razones. Llamo a casa a toda prisa para hablar con el mayordomo con la esperanza de que quizás Jessie se pase a recoger sus cosas y pueda interceptarla. Llegados a este punto, no sabría qué decirle.

Quiero preguntarle a qué puñetas está jugando. Quiero decirle que teníamos un acuerdo y que esperaba que cumpliese su parte. Quiero enfadarme con ella por coger mi dinero para huir de mí como si fuese una especie de monstruo.

Y, debajo de todo eso, lo único que quiero es pedirle que vuelva porque la necesito. La suite parece tan jodidamente vacía, y todos mis planes han quedado reducidos a cenizas. No podré superar el mes sin ella. Creía que podía; antes de conocerla me había convencido a mí mismo de que era lo bastante fuerte como para hacerlo, pero en ocasiones no eres consciente de lo mucho que necesitas a alguien hasta que ya no lo tienes a tu lado. ¿Acaso no hay un dicho que dice «no sabes lo que tienes hasta que lo pierdes»?

Nolan contesta enseguida pero no me dice lo que quiero oír. No ha visto a Jessie desde que nos fuimos a Las Vegas y, desde luego, no ha estado en la casa para recoger sus cosas.

Quizás me dé tiempo de volver antes de que vaya. Le digo a Nolan que, si aparece, la deje entrar y haga todo lo posible por retenerla todo el tiempo que pueda.

Después hago otra llamada para organizar mi vuelo de vuelta. No me molesto en hacer las maletas; el personal del hotel se encargará de que se me envíe todo por correo. Me preparo todo lo rápido que puedo y, para cuando entro en la limusina, el jet ya está listo para despegar.

En menos de tres horas ya estoy en casa, abriendo la puerta de un golpe y esperando que Jessie esté aquí. Nolan aparece para coger mis cosas.

—¿Está arriba? —le pregunto.

Niega con la cabeza con aire solemne.

—No ha venido, señor Crawford.

¿Todavía no? Sé que anoche hubo un vuelo desde el aeropuerto McCarran, aunque no puedo estar seguro de que Jessie lo haya cogido. ¿Habrá ido directa a casa? ¿Planea venir y coger el dinero?

¿Quiero que se lo quede? Claro que sí. Puede que haya roto nuestro acuerdo, pero no la odio por ello. Comprendo por qué lo ha hecho; nuestras experiencias vitales son las que dan forma a nuestra creencias, y Jessie es una persona con principios. Si de algo estoy seguro es de que el que le mintiese sobre algo tan importante ha sido suficiente para que haya decidido irse.

Pero yo no quería que se fuera.

Y ahora descubro que anhelo que entre por la puerta de la mansión más de lo que he anhelado nada en mucho tiempo.

Así que espero sin perder la esperanza. Me siento en mi despacho e intento trabajar, pero no logro concentrarme. Todo aquello que antes me parecía tan importante ha dejado de serlo, y el negocio al que le he dedicado la mayor parte de mi vida me pesa ahora del cuello como una soga. Quiero que me importe; no soy la clase de hombre que acepta proyectos y los desecha cuando dejan de llamarme la atención. Puedo permitirme no volver a trabajar en la vida, pero la gente que trabajaba para mí necesita recibir su sueldo a final de mes. Tengo que seguir adelante, al menos hasta que pueda llevar a cabo el resto de mi plan.

Mi teléfono suena y miro la pantalla; vuelve a ser el doctor Humberside. Sé que, si no contesto, seguirá llamándome. Tiene una labor que llevar acabo, lo comprendo, pero no me está poniendo las cosas fáciles.

—Hola.

—¿Ryan? —Su voz deja patente su sorpresa. Supongo que no pensaba que fuese a descolgar.

—Sí, soy yo.

—¿Dónde has estado? Te he estado llamando.

—Lo sé, John. Te estaba ignorando.

Suelta un resoplido de risa. Me imagino que debe de estar ajustándose las gafas, puede que frotándose el puente de la nariz. Hace mucho que conozco al doctor Humberside, desde mucho antes de necesitar sus servicios.

—¿Por qué me estás ignorando, Ryan? Ya deberías saber que intentar evitar lo inevitable no sirve de mucho.

—Me conoces, John. Soy una persona realista. No me estoy escondiendo, simplemente he elegido no lidiar con todo eso por ahora.

Emite un sonido parecido a un gruñido.

—Ya sabes que esa clase de actitud no te va a ayudar. Así que estás soñando despierto, ¿eh? No me lo esperaba de ti, Ryan.

Suspiro. Tiene razón; no es para nada típico de mí, pero hace ya algún tiempo que no me siento como el de siempre.

—Simplemente necesito algo de tiempo —le digo—. Te llamaré pronto, organízalo todo para hacerme una visita a domicilio.

—Mmm… no creo que… —Lo interrumpo.

—Apunta en tu agenda que tienes que llamarme dentro de un mes, John, si eso te hace sentir mejor.

Ahora le toca a él suspirar. Supongo que ya ha notado que no conseguirá llegar a ningún lado conmigo, al menos no hoy.

—¿Un mes? ¿Y qué habrá cambiado dentro de un mes?

—Yo. Yo habré cambiado.

—No se puede huir de lo inevitable, Ryan. Ya lo sabes.

—Lo sé, y por eso precisamente necesito que confíes en mí.

Vuelve a suspirar. Entiendo que todo esto debe resultarle frustrante, pero así son las cosas.

—Un mes, Ryan, y después tendrás que venir a verme.

—Cuídate, John —digo, y cuelgo.

Es como si me acabasen de quitar un peso de los hombros. He ganado algo de tiempo; eso es lo que importa.

Mientras gano tiempo decido llamar a Jeff, el director financiero. Compruebo el reloj y deduzco que seguramente esté en una reunión con su equipo, pero eh, soy el jefe. Va a tener que atenderme sí o sí.

Dejo que el tono vaya sonando y Jeff contesta justo antes de que salte el buzón de voz.

—Crawford —ruge con una voz excesivamente jovial. Siempre me ha parecido que sonaba falto de sinceridad—. Me preguntaba cuándo ibas a dar señales de vida.

—Vaya, ¿acaso me has echado de menos, Jeff?

Se ríe por lo bajo.

—¿Tú qué crees?

—Creo que os ha alegrado mucho no tenerme respirándoos en la nuca.

—Bueno, no voy a mentirte… Las cosas han estado muy tranquilas por aquí.

¿Tranquilas? Tranquilo parece sinónimo de

improductivo.

—Y, con toda la tranquilidad de la que has estado disfrutando, deduzco que ya tienes los planes revisados.

Jeff vuelve a reírse.

—Así es.

—Me muero de ganas de verlos.

—Te los envío ahora mismo. —Se oye algo de ruido de fondo, como si Jeff estuviera ajustando la posición del teléfono—. ¿Y dónde has estado, Ryan? A algunos miembros del equipo les preocupaba que estuviese ocurriendo algo.

—¿Son esos que han estado hablando con la prensa? —La historia en las últimas páginas del periódico de ayer ha sido de una ayuda absolutamente nula en estas circunstancias.

—Sí, ha sido de lo más desafortunado —musita Jeff.

—Quería pedirte que te reunieras en persona con el personal de seguridad para que lo investiguen.

Se hace una pausa, una pausa que me dice todo lo que necesito saber.

—Desde luego, Ryan. Me pondré ahora mismo.

—Genial. Y Jeff… Puede que ahora mismo no esté en la oficina, pero sigo por aquí.

—Nunca lo hemos puesto en duda, Crawford —se ríe, intentando sonar como lo hacía antes de que descubriese quién es el topo.

—Bien, Jeff. Bien.

Cuelgo y espero su email. Me llega exactamente dos minutos más tarde, y lo que incluye no era lo que me esperaba. Llamo a Carrie, la directora de recursos humanos, y se lo explico todo en una llamada de cinco minutos. Tiene que investigarse a Jeff Rawlings y a los contactos que tenga fuera de la empresa, y estamos hablando de despedir a un puesto muy público. Carrie está entrenada para empezar a buscar un sustituto adecuado, y además tiene una buena noticia para mí: ha logrado ponerse en contacto con Brian Ferguson, un antiguo amigo mío con mucha experiencia en juntas empresariales. Brian ha firmado un contrato de confidencialidad y Carrie ya le ha puesto al tanto de lo que queremos de él. Me dice que Brian se ha mostrado sorprendido pero ha aceptado.

Otro peso que me quito de encima.

—Gracias, Carrie.

—No es nada, Ryan. Sabes, este lugar no será lo mismo sin ti. —Suena triste de verdad; me siento emocionado.

Quizás se esté solo en la cima, pero eso no significa que no le importes a nadie o que nadie aprecie lo que haces.

—Lo único que importa es que la empresa siga adelante.

—Bueno, pues lo hará. Brian se asegurará de ello.

Nos despedimos y después me dedico a pasear de un lado al otro frente a la ventana de mi suite. Desde aquí tengo una vista completa del camino de entrada de la propiedad y puedo ver a todos los que entran y salen. Las manos me tiemblan, así que las meto en los bolsillos.

Jessie tiene que venir. Tiene que hacerlo. Si lo deseo con la fuerza suficiente… si le rezo al universo para que la haga cruzar esa verja y vuelva a mi vida, ¿me escuchará?

De joven solía rezar. Mi madre se arrodillaba a mi lado y le pedíamos a lo que fuera que hubiese ahí arriba aquello que necesitábamos: felicidad para nuestros amigos y familiares, comida para nuestros estómagos, un techo sobre nuestras cabezas. Siempre esperaba a que mi madre pidiese todas esas cosas tan responsables y después añadía alguna tontería para hacerla reír, como por ejemplo un juguete o una chocolatina, o que el matón del colegio se tropezase con los cordones. Mi madre soltaba una risita y pedía otra tontería para sí misma, como que el pelo le quedase bien al día siguiente, que los platos se lavasen solos o conseguir una cesta de la ropa sucia que nunca se llenase. Hace mucho tiempo que no rezo, pero ahora lo hago. Rezo por Jessie, esté donde esté. Quiero que esté a salvo y que sea feliz, pero también quiero que esté aquí. Me resulta incómodo pedir algo así cuando son mis mentiras las que han hecho que se marche, así que después rezo por mí mismo y pido la fuerza que necesito. Rezo por mi madre, para que por fin pueda descansar en paz. Se acabaron los platos que fregar, mamá. Le digo que la echo de menos.

Al acabar me tomo un par de somníferos y me tumbo en la cama. Mi corazón está demasiado cansado y mi mente demasiado sobrecargada con emociones a las que tiene que hacer frente.

Nunca he sido la clase de hombre que busca el olvido en un medicamento pero, tal y como ya he dicho antes, hace meses que no soy yo mismo.

21

JESSIE

No me dejan volver.

Suplico, pero no quieren escucharme. Supongo que creen que los he dejado tirados y no están dispuestos a darme una segunda oportunidad. Cuando tenía cincuenta mil dólares a mi alcance no me preocupaba demasiado pero, ahora que no los tengo, las cosas son muy diferentes.

Salgo al aparcamiento y estallo en lágrimas.

Troy, el portero, me tiende un pañuelo. No es una persona demasiado táctil, especialmente con las chicas que trabajan en el club, pero me pone una mano grande y fuerte en el hombro y me lo aprieta. Después me tiende una tarjeta.

CANDY CLUB.

—Ve y di que te envía Troy, ¿vale?

Lo miro, sorprendida.

—¿Vas a recomendarme?

—Claro —dice—. Eres una buena chica, y esta gente a veces es demasiado cabezota para su propio bien.

—Gracias, Troy. —Me seco las lágrimas y le dedico una gran sonrisa temblorosa.

—Solo procura tener cuidado con Donnie. Parecerá el tipo más agradable que has conocido jamás, pero ese tío es un tiburón. No te acerques a él.

—¿Donnie?

—Es el hijo del dueño. Le gusta comportarse como si fuese el gerente.

—Oh, vale. Gracias por el aviso.

—No es nada, Cindy. Cuídate.

El *Candy Club* está al otro de la ciudad, así que compruebo cuál es la mejor ruta para llegar hasta allí. Hay un autobús que cubre gran parte del camino, pero aún me hace falta caminar bastante. Estoy completamente agotada. Siento un dolor enorme en el pecho, y no deja de empeorar con cada hora que paso lejos de Ryan.

Lo echo de menos.

No quiero admitirlo. He tomado una decisión y ahora tengo que hacer frente a las consecuencias.

Pero el corazón me sigue doliendo, echándolo de menos, y no hay nada que pueda hacer al respecto. Solo me queda intentar volver a poner en orden mi vida antes de que pierda lo poco que me queda.

Tardo más de una hora en cruzar la ciudad y, cuando por fin me acerco al *Candy Club*, estoy preocupada. Este sitio no tiene buena pinta. El *Kitty Cat Club* ya era bastante malo, pero este local está el doble de deteriorado. Un club que no invierte en su edificio es poco probable que se comporte de manera decente con sus trabajadores. Tengo un mal presentimiento.

Me detengo en el aparcamiento y respiro profundamente. ¿Qué opciones me quedan? Troy me ha dado una recomendación, así que es la mejor opción que tengo de conseguir trabajo. Si entro y es horrible, siempre puedo hacer solo un puñado de turnos mientras intento encontrar algo mejor, aunque sigo teniendo ganas de llorar mientras lo pienso. Si no tuviera tantas deudas, podría trabajar en una tienda. Podría buscar un trabajo normal aunque pagase poco. Podría vivir como una persona normal.

Esas deudas me pesan muchísimo y parecen que no van a desaparecer jamás. Estoy a punto de volver a echarme a llorar cuando una mujer vestida con muy poca ropa sale del local por una puerta lateral. Supongo que debe de trabajar aquí, así que decido hablar con ella; al menos así sabré cómo funciona el club de labios de un empleado.

—Perdona —la llamo, cruzando el aparcamiento a toda prisa.

La mujer se detiene y me mira de arriba abajo. Debo de desentonar de lo lindo con la ropa de marcha que me compró Ryan, o quizás sea que todavía tengo la cara hinchada de tanto llorar.

—¿Trabajas aquí?

—Bueno, desde luego no he venido para ver el espectáculo —contesta.

—¿Es un buen sitio en el que trabajar?

Ahora parece interesada.

—¿Eres periodista?

—¡No! —Me ajusto el bolso al hombro—. Antes

trabajaba en el *Kitty Cat Club*, pero ahora mismo no necesitan a nadie más.

—¿Estás en el negocio?

—Sí. Estoy buscando trabajo.

—Bueno, Donnie está dentro. Deberías ir a hablar con él, pero procura que no te meta en su oficina, ¿vale?

—He oído que no es muy buen tipo.

La mujer pone los ojos en blanco.

—Es como la mayoría de los hombres, chica. Se dedica a pensar con cierta parte de su anatomía que fue diseñada para cumplir un objetivo distinto.

—No sé —comento—. No suena muy bien.

—Si ya has trabajado en este mundillo, deberías estar acostumbrada a estas cosas —dice, echándose el cabello sobre el hombro.

—Sí, de parte de los clientes. ¡Pero no de los jefes!

—Entonces has tenido mucha suerte. Según mi experiencia, los hombres que se meten en este negocio lo hacen por el sexo gratis y por el poder.

Suspiro y miro hacia la puerta.

—Supongo que tendré que intentarlo.

La mujer sonríe.

—Bueno, soy Dana. Supongo que ya nos veremos si consigues el trabajo. Oh, y no vayas a entrar ahí con aspecto de ser la hermanita asustadiza de Bambi, ¿me oyes? Saca bien esas pechugas que tienes debajo de toda esa ropa cara y enséñales lo que puedes vender.

Sonrío; a pesar de su brusquedad, Dana parece ser buena persona.

—De acuerdo. Gracias —le digo. Dana se aleja, despidiéndose agitando la mano, y marcho hacia la entrada del club.

Lo primero que noto es el olor, un olor desagradable cubierto por el ambientador más fuerte que he olido jamás. Se me revuelve el estómago y mi nerviosismo aumenta cuanto más me adentro en el local. El camarero es el primero que me ve y su mirada se llena de interés.

—¿Puedo ayudarla, señorita?

—Claro. Me gustaría hablar con alguien sobre un puesto de trabajo.

—No tenemos ninguna vacante de camarera.

—Me refiero a trabajar en el escenario.

El camarero me mira de arriba abajo, como si estuviese intentando imaginar qué puede ocultarse bajo mi ropa. Me coloco mejor el bolso en el hombro y dejo el brazo cruzado frente a mi cuerpo a modo de defensa. Los hombres del *Kitty Cat Club* no eran así, sino amistosos y profesionales. Siempre me sentía cómoda cuando estaba delante de ellos vestida de lencería; no me miraban con la lujuria con la que me está mirando este tío. Supongo que lo de ser profesional es algo que impone el local. Si Donnie, el hijo del dueño, tiene fama de meterle mano a las chicas, está claro que el resto de los empleados creerán que ellos pueden hacer lo mismo.

—Tendrás que hablar con Donnie. Está en su oficina, cruzando esa puerta y subiendo las escaleras.

Recuerdo la advertencia de Dana y lo que me ha dicho Troy.

—¿Sería posible que hablase conmigo aquí fuera? —pregunto—. Me sentiría más cómoda.

El camarero frunce el ceño. O bien se pregunta por qué

no estoy dispuesta a subir a la oficina, o cree que soy muy atrevida al pedir que el jefe venga a hablar conmigo cuando soy yo la que está buscando trabajo.

—Creo que quizás te diga que te vayas a tomar viento —responde—, pero se lo preguntaré.

—Gracias. —Me siento en la barra y observo mientras el camarero se acerca a la esquina del bar y coge un teléfono. Dice algo en un susurro, pero alcanzo a oír «es de las guapas». Supongo que, si fuese menos atractiva, no tendría la más mínima oportunidad.

—Vale —dice—. Se lo diré.

Vuelve a cruzar la zona del bar; parece complacido consigo mismo.

—Ha dicho que, si quieres hablar con él, tendrás que subir.

Me quedo abatida al mismo tiempo que se me acelera el corazón. No pienso subir, ni de broma. Sacudo la cabeza, pero entonces el camarero sigue hablando.

—Le he dicho que no ibas a hacerlo y he conseguido convencerle para que baje.

—Gracias —exclamo a toda prisa, mirando hacia la puerta. Después de todos los comentarios negativos, reunirme con Donnie aquí abajo sigue poniéndome nerviosa, pero tengo que hacerlo. La mente gobierna el cuerpo, Jessie.

Y así, sin más, inicio un nuevo capítulo en mi vida.

22

RYAN

La Lista

~~*Montar en una montaña rusa*~~

~~*Saltar de la torre Stratosphere*~~

~~*Ir en helicóptero sobre el Gran Cañón*~~

Hacer submarinismo

Montar en globo

Aprender a disparar un rifle

Montar a caballo

Probar diez platos nuevos

Conducir el Spyder en una pista de carreras profesional

Hacer sky acuático

Hacer puenting

~~*Comer en uno de mis restaurantes favoritos*~~

Visitar mi antiguo barrio. Tomarme una cerveza en O'Neil's *con Paul y Ronan*

Dejar flores en la tumba de mamá

~~*Besar a una mujer hermosa*~~

Nadar en el océano al atardecer

Me despierto y miro mi lista; todavía me quedan tantas cosas por hacer. Repaso las que me quedan. Todas ellas habrían resultado más divertidas con Jessie a mi lado.

Decido que intentaré hacerlas todas, tal y como tenía planeado. Cuando decidí cogerme unas vacaciones y hacer algunas de las cosas que había estado posponiendo desde hacía mucho, todavía no conocía a Jessie. Encontrarme con ella al principio del proceso fue pura suerte, y perderla en mitad de mi plan es de lo más desafortunado, pero tengo que seguir adelante. Tengo un plan, y tengo que mantenerme fiel a él.

Tacho algo de la lista cada día, y así pasa una semana. Con cada nueva experiencia me siento un poco más vivo pero, cuando me meto en la cama por la noche, no dejo de soñar con Jessie. Acude a mí en sueños, como si fuese un ángel, con palabras tranquilizadoras y llenas de ánimo. Me dice que todo irá bien y, mientras estoy sumido en el mundo de los sueños, la creo. Pero, en cuanto el sol se alza en el cielo, me despierto siendo consciente de que nada de todo eso ha sido real, ni su mano fresca sobre mi frente ni sus dedos entrelazados con los míos, ni las palabras que me ha susurrado al oído. «Te quiero, te necesito, siempre estaré a tu lado».

Mi subconsciente me tortura.

El corazón me duele un poco más con cada día que pasa.

¿Dónde está? ¿Por qué no ha venido a la mansión? ¿Está bien?

Considero la opción de enviar a un detective privado para que la encuentre. Tengo a uno en plantilla que se ocupa de los asuntos corporativos y, en esas circunstancias, nunca me ha preocupado mucho si resulta moral usar a un detective. Cuando hay dinero en juego, el mundo pasa a ser completamente blanco o negro, pero si lo envío a buscar a Jessie estaré invadiendo su privacidad. Estaré arrebatándole el derecho de elegir no tener nada que ver conmigo nunca más. ¿Acaso puedo hacerlo? ¿De verdad soy esa clase de hombre?

Me mantengo indeciso durante días y hasta llego a decirle al detective que vaya al *Kitty Cat Club*. Le digo que averigüe si todavía trabaja allí pero, antes de que el detective tenga tiempo de volver siquiera a su oficina, ya le estoy llamando para decirle que no lo haga.

Esa noche tengo un sueño inquieto. Jessie no se me aparece y, al despertarme, me siento más vacío y preocupado que nunca. Sí, Jessie tomó la decisión de marcharse, tomó la decisión de dejar atrás el dinero que le di, pero eso no evita que me imagine el ir a verla a su trabajo y que me dé la bienvenida con los brazos abiertos. No evita que guarde la esperanza de que quizás podría hacerla cambiar de idea. Jessie podría perdonarme, sé que podría. He sentido el vínculo que hay entre nosotros, y sé que ella también lo ha notado.

Soy consciente de que no es lo correcto, y sé que no es justo, pero necesito hacerlo. Necesito hacerlo por mi paz mental. Puede que Jessie no haya cumplido su parte del acuerdo, pero no quiero que sufra por ello. Quiero que reciba el dinero, y quiero saber que está sana y salva y que tiene la oportunidad de dejar atrás esa vida tan peligrosa que lleva y de hacer algo que quiera hacer de verdad. Solo así podré seguir adelante.

Pero el detective vuelve con una noticia que hubiese preferido no oír; Jessie ya no trabaja en el *Kitty Cat Club*. En cierto sentido, eso me alivia. ¿Acaso el dinero que cogió de la mesita ha sido suficiente para dejar atrás ese sitio y encontrar otro trabajo? Una parte de mí espera que así sea, pero la otra, aquella a la que no le importa lo que está bien y lo que está mal, entra en pánico. ¿Y si se ha ido para siempre? ¿Qué haré si se ha marchado y no vuelvo a encontrarla?

Enviar al detective a su apartamento se me antoja ir demasiado lejos; se parecería demasiado al acoso, y no quiero asustarla.

Pasa otro día más y llega el momento de volar a Boston para tachar dos cosas de mi lista que tengo que hacer en mi ciudad natal y, mientras me llevan al aeropuerto, tomo una decisión. No me sobra el tiempo, y necesito saber que Jessie está bien antes de…

Llamo al detective y le indico que vaya a su apartamento. Será un ejercicio de paciencia y vigilancia. El detective no tiene por qué hablar con ella, al menos no todavía.

El vuelo a Boston tiene lugar sin contratiempos y, durante el trayecto, voy con los cascos puestos y escucho música relajante que me ayuda a olvidar dónde estoy. Con cada paso que avanzo en mi lista, más parece disminuir mi miedo. Sinceramente, resulta irónico.

Darryl ha venido conmigo. Es mi jefe de seguridad desde hace ocho años, me ha visto en mis mejores momentos y también en los más bajos, y creo que nos entendemos. Cogemos un coche para ir a mi antiguo barrio. Será la primera vez que vuelvo desde la muerte de mi madre, así que decido que quiero caminar un poco, oler el aire y sentir el ambiente del lugar en el que me crie. Quiero volver a sentirme unido a él, y me parece importante hacerlo. Darryl se mantiene cerca de mí mientras recorremos las calles estrechas, más estrechas de lo que las recordaba. Y también se las ve más sucias.

Nos lleva un rato llegar al cementerio. Mi madre quería que la enterrasen en la ciudad en la que había vivido y, aunque me resulta difícil comprenderlo cuando este sitio no hizo más que hacerla sufrir, supongo que para algunas personas el lugar en el que viven al final se acaba ganando su corazón sin importar las circunstancias.

Su lápida es modesta; mi madre no quería que me gastase mucho dinero en su último lugar de descanso. En lugar de eso, el dinero se envió a una organización benéfica de su elección para que pudieran seguir investigando la enfermedad que la mató. Mi madre no quería que nadie sufriese tanto como ella había sufrido.

Ya hay flores sobre la lápida; pago a un servicio para que vengan a cuidarla una vez a la semana. El suelo está seco, así que me siento en él con el impulso de hablar con mi madre, de contarle lo que me ha estado pasando por la cabeza. Quiero que me comprenda, aunque sé que se pondría completamente furiosa. Soy su único hijo; ella quería que luchase.

Darryl se pasea un poco por la zona, pero sé que no me quitará los ojos de encima; solo quiere darme algo de espacio. Un pensamiento de lo más curioso se forma en mi cabeza, el recuerdo de una historia que mi madre solía leerme de niño. Trataba de un chico que quería a un conejo, pero entonces el chico enfermaba. No logro recordar cómo se llamaba el cuento, pero sí recuerdo la premisa en la que se basaba: si se quiere lo suficiente a un juguete, este se vuelve real. Le pregunto si es posible desear algo con la fuerza suficiente como para convertirlo en algo real, si la mente de verdad puede vencer del modo en que todo el mundo dice. Le pregunto si está orgullosa de mí. Sé que, antes de morir, lo estaba, pero no estoy tan seguro de que ahora lo estuviese. Creo que más bien estaría preocupada por lo solo que estoy.

Le preocuparía que la soledad me estuviese nublando el juicio y me diría que el amor es capaz de perseverar incluso durante las mayores adversidades de la vida. En su vida no hubo un amor así excepto, quizás, el que sentía por mí. El amor que siente una madre por su hijo es inconmensurable.

Me arrepiento de cosas, pero de lo que más me arrepiento por encima de todo es de no haber tenido hijos. En cierto modo, es una bendición, pero al mismo tiempo siento que mi madre se merece tener un legado. Se merece que haya una niñita en el mundo que sea su viva imagen. Mi madre era tan decente; el universo necesita a más personas como ella, y mi trabajo era procurar que existiesen. He ahí un tema en el que no he tenido éxito.

Un pájaro se posa cerca de mí; es pequeño, oscuro y con un pico corto y ancho. Picotea el suelo durante un rato antes de alzar la cabeza y mirarme, y ambos permanecemos completamente inmóviles, dos criaturas sentadas bajo el sol. Oigo el canto de otros pájaros a lo lejos y siento el suave soplo de la brisa en la piel; la presencia de mi madre es tan intensa que es como si de verdad estuviese sentada a mi lado. No puedo respirar. Recuerdo cómo me sentía cuando me apretaba contra ella durante uno de sus abrazos: la suavidad y calidez de su cuerpo, su olor, que siempre me hacía sentir sano y salvo, aquellos días en los que ella estaba allí para ayudarme a darle sentido a mi vida y a mis decisiones.

Joder.

No he venido para regodearme en la autocompasión, sino para presentar mis respetos. Darryl traza otro círculo y yo me pongo en pie, limpiándome la tierra de los vaqueros y frotándome la cara. El pájaro no emprende el vuelo; se limita a quedarse ahí sentado como si hubiese olvidado cómo volar.

—Adiós, mamá —susurro.

Y, tras eso, me doy la vuelta y pongo rumbo a la salida. Es hora de tachar otra cosa de mi lista.

He planeado reunirme con Paul y Ronan en el *O'Neil's*, donde solíamos ir a beber cuando éramos adolescentes delgaduchos con carnets falsos. La idea era que, si voy a adentrarme en mis recuerdos, bien puedo hacerlo como es debido. Ha pasado demasiado tiempo desde la última vez que vi a esos dos, algo que me pone nervioso, seguramente más de lo que debería estarlo. Entro y me los encuentro sentados en la mesa que era nuestra preferida; están hablando y riendo, y siento un pinchazo en el pecho. Esas dos personas eran mis amigos, aquellos con los que solía montar en bicicleta, los que me llevaban a casa cuando me emborrachaba y los que me invitaron a salir para ahogar mis penas cuando me rompieron el corazón por primera vez. Son los hombres que me ayudaron a llevar el ataúd de mi madre.

Cuando me ven, son todo sonrisas. Gritan mi nombre y me dan esos típicos abrazos masculinos que incluyen palmadas en la espalda más dolorosas en lo necesario. Los dos han ganado peso, y ambos parecen cansados y algo desgastados. Los dos parecen increíblemente felices de verme.

—¿Qué queréis beber? —les pregunto.

—Bueno, si invitas tú, una puta botella del mejor champán —contesta Paul.

—El mejor champán que tenga este sitio seguramente sabrá a meado —se suma Ronan.

—En ese caso, cerveza para todos —digo.

—Y frutos secos.

Ronan le da un puñetazo en el hombro a Paul.

—Por amor de Dios, tú y tus frutos secos.

Pido bebidas para todos y las llevo a la mesa. Se produce una pausa incómoda durante la cual los dos me miran como si no tuviesen ni idea de qué decir. Esto es justo lo que detesto. Esto es lo que hace el dinero; cambia las cosas incluso cuando no quieres que las cambie.

—Bueno, ¿has venido a la ciudad por alguna razón en concreto? —dice Paul, cogiendo su pinta y dando un buen trago.

—Sí, para veros.

—¿Ah, sí? —pregunta Ronan—. Bueno, no es que no me emocione ni nada parecido, ¿pero a qué debemos el honor?

—Creo que nos echaba de menos —se ríe Paul—. Está atrapado teniendo que escuchar a esos hijos de puta ricos hablando de tonterías todo el tiempo. Ha venido para hablar con gente de verdad.

—¡Claro, porque siempre tenemos cosas tan jodidamente interesantes que decir!

Paul mira a Ronan y sacude la cabeza.

—Siempre estás preparado para hundirnos en la miseria —comenta—. No tienes ni idea de la suerte que tienes.

En ese momento ambos me miran como si necesitasen que les confirme por qué he venido a la ciudad.

—Ha pasado demasiado tiempo, joder —respondo. Noto cómo se me escapa el acento de Boston, y resulta gratificante.

—Mira al señor Hardo, poniéndose a maldecir. ¿Estás volviendo a tus raíces, Gossy?

—Ya no se llama Gossy, ¿verdad, Paul? Es el señor Crawford, propietario de Crawford Inc., empresario industrial.

—Ah, y una mierda —replico—. Que le den al señor Crawford. —Tomo un buen trago de cerveza, sintiendo cómo la espuma me empapa el labio superior. Tras tragar me seco la boca con el dorso de la mano y Paul y Ronan se echan a reír.

—Puedes sacar a un chico del barrio, pero no puedes sacar el barrio del chico.

—¿Cuánto tiempo vas a quedarte en la ciudad? Tienes que venir a ver a Darleen y a los niños.

—No será en esta ocasión —digo—. Tengo que volver mañana.

—¿Vas a coger un vuelo de vuelta esta noche? —pregunta Paul. Su voz refleja una decepción real que me hace sentir fatal. Debería haber venido de visita más a menudo. Debería haber mantenido a estos dos hombres cerca de mí, donde deberían estar.

—Sí. Crawford Inc. no funciona sola —contesto, procurando mantener una expresión seria. Me miran como si estuviese siendo un capullo pretencioso y, cuando me echo a reír, ellos hacen lo mismo—. ¿Vas a enseñarme alguna foto de la estirpe que has estado criando? —le digo a Paul.

—Sí, aquí tengo varias. —Saca el teléfono y empieza a buscar fotografías de sus hijos y esposa.

—El año pasado le pedí matrimonio a Siobhan —interviene Ronan.

—¿Siobhan, la del instituto? —pregunto. Ronan siempre sintió algo por ella.

—Sí. Ya sabes que siempre dije que me casaría con ella.

—Sí, eso decías.

Cojo el teléfono de Paul y paso varías fotografías de tres niños de cabello oscuro y ojos azules. Son la viva imagen de su padre.

—Joder, Paul. Desde luego, no cabe duda de quién es su padre —me río.

—¿Qué intentas insinuar de Darleen, Ryan? —Parece cabreado de verdad y, por un momento, creo que va en serio, pero entonces me da un fuerte puñetazo en el hombro y estalla en carcajadas—. ¡Te estoy tomando el pelo!

De fondo, alguien pone una canción en la gramola y empieza a sonar música irlandesa a todo volumen. El pecho me duele por todos los años que he permanecido lejos de este lugar, de lo que fue mi hogar.

—¿Y tú, has encontrado a alguien? —pregunta Ronan. Noto que le preocupa que sea una pregunta inadecuada. Han leído lo de Corina en los periódicos, lo sé porque llamaron a la funeraria y dejaron sus condolencias al director.

—No —digo—. En realidad no.

—«En realidad no» significa que sí que hay alguien —se ríe Paul.

—¿Quién es? —pregunta Ronan—. ¿Es que quiere tu dinero?

—No se trata de eso —contesto. Pienso en Jessie y en su dulzura, en su sonrisa amable, su rostro atractivo y su fuerza—. Es una mujer buena, pero no ha funcionado.

—Entonces haz que funcione —me espeta Ronan—. ¿Crees que Siobhan accedió a casarse conmigo sin que primero tuviera que convencerla? —Se señala como si fuera la presentadora de un concurso mostrando los premios. Ha ganado peso desde la última vez que lo vi; supongo que se refiere a eso.

Niego con la cabeza.

—Las cosas no son siempre tan sencillas. A veces tienes que dejar ir a la gente, si eso es lo que quieren. Es inútil luchar contra la marea.

—Las mujeres no siempre saben lo que quieren —interviene Paul. Se acaba la cerveza y se pone en pie para ir a la barra—. ¿Otra ronda?

No debería; no quiero emborracharme y acabar abriendo mi corazón por completo ante ellos. Hubo una época en que eso es precisamente lo que hubiese hecho, pero ya no. Mis problemas son exclusivamente míos. He venido aquí para hacer las paces, para dejarlo todo bien cerrado.

He venido para despedirme.

—Para mí un refresco —digo.

—¿Un refresco?

—Sí, ya sabes, esa cosa con burbujas.

—Muy gracioso, capullo.

Paul se va a la barra y Ronan se inclina hacia mí.

—Él no va a decírtelo, pero creo que debo hacerlo —me susurra.

—¿Qué?

—Darleen. Está enferma.

—¿Qué quieres decir con que está enferma?

—Tiene cáncer.

No sé qué decir. Paul tiene tres hijos pequeños, una familia a la que mantener.

—¿Está recibiendo tratamiento? —pregunto.

—Sí, pero el seguro que tienen es una mierda. Está

muerto de preocupación, pero no quiere hablar de ello. No sé qué hacer.

—¿Por qué no me ha llamado?

—¿Tú por qué crees, Ryan? —Lo dice sin enfado ni malicia; es una simple afirmación, y lo comprendo. Ya no somos lo que éramos. Paul no ha creído ser capaz de darme la peor noticia que puede recibir una persona, pero acabo de decidir que las cosas no van a seguir así. Las amistades no deberían abandonarse así sin más. Los verdaderos amigos superan las diferencias, cambian y maduran juntos. Tengo la sensación de que les he fallado.

—Puedo ayudarla —digo—. Puedo conseguir que la atienda un especialista.

—Entonces hazlo, Ryan. Haz todo lo que puedas, porque Paul y esos críos la necesitan. Haz todo lo que esté en tus manos, ¿me oyes?

Paul vuelve con dos cervezas y mi refresco.

—Connor te ha llamado nenaza —se ríe.

—Connor no sabría qué pinta tiene algo femenino ni aunque tuviese la cara entre las piernas de una mujer —contesto, y algo parece encajar en mi interior. Llevo siendo el señor Crawford tanto tiempo que me había olvidado de que dentro de mí había otra persona, una que sacrifiqué para llegar a donde quería llegar. Pero resulta agradable volver a ser Gossy.

—Ese es el Ryan que echábamos de menos, joder —exclama Ronan, golpeando la mesa con tanta fuerza que nuestras bebidas dan un salto.

Durante el siguiente par de horas nos dedicamos a hablar de los viejos tiempos y sonrío más de lo que lo había hecho en mucho tiempo. Darryl está sentando en una esquina, leyendo el periódico con tanta discreción que ni Paul ni Ronan se fijan en él en lo más mínimo. Y, cuando llega la hora de marcharme, le envío un mensaje a mi chófer para que venga a recogerme y me dispongo a hacer aquello por lo que he venido. Me dispongo a despedirme.

Todos nos ponemos en pie; es una situación incómoda, como esos momentos después de follar por primera vez con una persona nueva, cuando has sudado encima de ella pero, por alguna razón, hablar todavía parece algo increíblemente íntimo. Extiendo los brazos y le doy un abrazo a Paul. Esta vez no es un derroche de masculinidad y se limita a darme una palmada en el hombro, como si supiera que esto es importante para mí. Con Ronan pasa lo mismo.

—¿Vas a volver? —me pregunta este, dándome una palmada en la mejilla tal y como hace la gente con los niños pequeños.

—¿Ya me estás echando de menos?

—Este siempre será tu hogar, Ryan. Más te vale recordarlo, joder.

Tengo un nudo inmenso en la garganta. En su momento, estos dos hombres fueron como hermanos para mí.

—Lo recordaré. Cuidaos.

Salir de ese antro con aires de pub me resulta una de las cosas más difíciles que he tenido que hacer nunca y, una vez en el coche, no malgasto ni un segundo. Llamo al especialista que trató a Corina para que me recomiende a alguien para Darleen; necesita a un médico que esté cerca de su casa. Les costaría demasiado manejarlo todo si además tuviese que viajar para que la tratasen. Antes de llegar al aeropuerto ya tengo el nombre de alguien lo bastante bueno y he pedido cita para ella. Les he dejado muy claro que, cualquier tratamiento que pueda necesitar, seré yo quien lo pague, y eso es lo único que importa.

Tengo que informar a mi contable e indicarle que es una instrucción oficial, así que le envío un correo electrónico breve y pongo en copia a mi abogado.

Estoy a punto de subir al jet cuando me llama el detective.

Ha visto a Jessie. La ha encontrado.

Ahora sé lo que debo hacer.

23

JESSIE

Tengo una sensación extraña de camino a casa después del trabajo. Es como si me estuvieran observando, y me paro para examinar la calle de mi apartamento en busca de alguien que pueda estar mirándome. No veo a nadie sospechoso, así que decido entrar.

Me lleva pasando varios días. No sé si es porque estoy evitando constantemente a Donnie o por el modo en que los clientes del club están mucho más dispuestos a romper las normas del local e intentar tocarme. Los bailes privados me dan pavor; mantener un aire profesional sin ser maleducada es una batalla constante.

No me siento como la Jessie de siempre. Creo que me debe de estar bajando la menstruación, así que me meto en el baño para comprobarlo y, aunque no hay ni rastro de sangre, estoy completamente agotada. Supongo que es el estrés y la hora, ya muy tardía. *Candy Club* está abierto hasta más tarde de lo que lo estaba mi anterior trabajo y, en consecuencia, estoy durmiendo menos.

Me dirijo a la cocina para prepararme un sándwich y tengo tanta hambre que me lo como allí mismo, de pie frente a la nevera mientras miro las fotografías que hay pegadas en ella. Sé que soy una idiota, pero he imprimido la foto que me hice con Ryan. Me resulta difícil mirarla; se me ve tan sonriente y feliz, y sus ojos son penetrantes y la curva de sus labios indecisa. Transmite tanta intensidad en esta imagen. No sé por qué me torturo con ella. Los días pasan y mis recuerdos se van desvaneciendo con el tiempo, aunque mi corazón no parece estar olvidando nada. Lo echo de menos más que nunca.

Desvío la vista hacia el calendario. Si no me hubiese marchado aquel día, todavía estaríamos juntos. Día veintiocho; no me imagino qué podría haber sentido a estas alturas. Si marcharme me resultó difícil tras pasar tan solo unos días juntos, ¿cómo habría sido llegados a ese punto? No sé si habría podido hacerlo, no sin Ryan apartándome de él. Día veintiocho. Vuelvo a mirar de reojo el calendario que he clavado en la pared. Siempre marco el día en el que debería tener mi periodo; con un trabajo como el mío se tiene que ser extremadamente cuidadosa pero, con todos los cambios y el estrés de empezar en un trabajo nuevo, no me había dado cuenta de que se me ha retrasado. No por mucho, solo cinco días, pero nunca se me retrasa.

El corazón me da un salto. Seguramente sea cosa del estrés; puede hacerle toda clase de jugadas al cuerpo. Tras la muerte de Jackson, no menstrué durante tres meses. Estaba en un estado tan frágil que está claro que mi cuerpo no creyó que pudiese hacerme sufrir todavía más.

Pero, ¿y si no se trata de eso?

Es demasiado tarde para ir a comprar una prueba de embarazo y me siento tan cansada como de costumbre, así que decido irme a la cama, convenciéndome de que, para cuando se haga de día, seguro que ya me habrá bajado.

Me despierto al amanecer y compruebo mi ropa interior, pero me encuentro la compresa que me puse anoche completamente impoluta. No hay sangre.

Me levanto y me ducho, siguiendo mi rutina de manera automática y fingiendo que todo va bien. Decido darme un capricho y desayunar en la cafetería de la esquina, donde pido mis torrijas preferidas y un delicioso y cremoso chocolate caliente. Leo el periódico, haciendo ver que todo es absolutamente normal y, una vez que tengo el estómago lleno y estoy completamente relajada, me paso por la tienda.

El peso de lo que podría decirme la prueba de embarazo que acabo de comprar no se asienta sobre mí hasta que ya he salido de la tienda.

La menstruación se me ha retrasado seis días.

Debería hacerme la prueba en casa, pero no puedo esperar tanto tiempo, así que vuelvo a la cafetería para usar el baño. Hago algo que nunca antes he necesitado hacer: orino sobre un bastoncito y lo sostengo en alto, esperando. Cierro los ojos, cuento mentalmente y, cuando ya ha pasado el tiempo exigido, respiro profundamente antes de abrirlos.

Estoy embarazada.

Parpadeo lentamente. Vuelvo a mirar la caja, sosteniendo mi prueba junto al ejemplo que aparece en ella y asegurándome al cien por cien. Estoy embarazada.

Me quedo tanto rato sentada en el baño, mirando fijamente la prueba y sintiéndome superada por la situación, que al final alguien llama a la puerta.

—¿Va todo bien? —dice una voz.

—Sí, lo siento. No me encuentro muy bien. Salgo en un segundo.

Envuelvo la prueba en papel higiénico y la guardo en el bolso, tras lo cual me aseo y pongo rumbo a casa, consciente de cada paso que doy. Caminar se me hace distinto. Hay algo creciendo en mi interior; ahora soy la portadora de otro ser humano. Todo me parece más serio de lo que lo era antes.

Todo me parece más desesperado.

Oh, Dios. No podré trabajar. ¿Quién va a querer mirar a una stripper embarazada? Quizás me queden un par de meses antes de que el embarazo empiece a notarse, y después de eso…

¿Qué demonios voy a hacer?

No puedo decírselo a Ryan; creerá que lo he hecho a propósito para quedarme con parte de su dinero, para salvarme de la vida que he estado llevando a costa de un ser inocente. No puedo arriesgarme a que me odie por algo así, no podría soportarlo.

Una vez en casa, me tumbo en la cama y me echo a llorar. Estoy embarazada y sola. Coloco la mano sobre la personita que está desarrollándose y lloro un poco más. Es lo que siempre había querido: un hijo al que querer, una persona a la que cuidar y ayudar a crecer. Cuando estaba casada con Jackson, había días en los que me ponía a soñar despierta pensando qué aspecto tendrían nuestros hijos. ¿Heredarían sus ojos oscuros, o los míos azules? ¿Su cabello salvaje, o mi suave melena rubia? Casi podía verlos, con una naricita diminuta y los mofletes redondos.

¿Y ahora?

Me levanto para secarme los ojos y sonarme la nariz, tras lo cual me acerco a la nevera y cojo la fotografía en la que salgo con Ryan. Me la llevo conmigo a la cama y la dejo a mi lado, sobre la almohada.

Este es el hombre que me ha robado el corazón, el

hombre que se suponía que iba a devolverme mi vida, a liberarme de los grilletes de las deudas para que pudiese volver a ser yo misma. Es el hombre que me ha dejado con un legado que durará toda una vida.

Ni siquiera se me pasa por la cabeza interrumpir el embarazo. Sé que puedo ser una buena madre. Puede que no tenga gran cosa, pero siempre me esfuerzo al máximo. Tengo familia, y supongo que ahora me tocará sincerarme con mi hermana. El no contarle nada siempre ha sido decisión mía, y no era porque creyese que fuese a juzgarme. Sé que me apoyará.

Cojo la fotografía y me la pongo sobre el vientre.

—Aquí estamos —susurro—. Tu mamá y tu papá. Sé que no es una situación ideal, pero te prometo que lo daré todo por ti, sin importar lo que ocurra.

Empiezo a trazar un plan; no se trata de algo que pueda ignorar. Tengo que comprar vitaminas y pedir cita con el médico adecuado. Tengo que pensar en avisar al casero de que voy a mudarme y tengo que hablar con mi hermana; si le parece bien, quizás pueda irme a vivir con ella.

Decido que no voy a seguir llorando por todo esto. La creación de una vida no es motivo para sumirse en la pena, sino algo que debe celebrarse. Me ocupo de todas las tareas de la casa, lavando la ropa y limpiando aquí y allá, y hasta cambio las sábanas y limpio la bañera, tras lo cual me concentro en el papeleo. Esto es lo que sigue hundiéndome poco a poco. Me siento frente a la encimera y empiezo a revisar el correo que me ha llegado, factura tras factura. Por esto precisamente dejo que se acumulen sin abrirlas. Al final de todo hay un sencillo sobre blanco con mi nombre y mi dirección impresos pulcramente en el centro. Lo abro y saco una carta escrita a ordenador.

Querida Jessie,

Cuando me desperté y vi que te habías ido, me vi invadido por demasiadas emociones encontradas como para poder expresarlas, pero lo que sentía principalmente era decepción de que no fuésemos a pasar juntos los siguientes veinticinco días. De todas formas, comprendo por qué lo hiciste. Quizás creíste que te había mentido, o que no ser sincero y directo es tan malo como mentir. Nunca quise hacerte daño, Jessie.

Me he pasado las últimas semanas haciendo todo aquello que había planeado llevar a cabo contigo a mi lado, pero la experiencia ha sido la mitad de interesante de lo que habría sido si hubiese contado contigo.

No has vuelto a por tu cosas. Esperaba que lo hicieras, pero ahora me toca ser realista. Comprendo que tienes tus propios principios, y te respeto por ello.

Espero que comprendas que el tiempo que pasamos juntos fue algo más que un simple trato. Eres especial, Jessie, de modos que jamás me hubiese esperado.

Quizás te encuentre en nuestra siguiente vida y podremos tener algo más que un puñado de días de los que disfrutar. Espero que así sea.

Por ahora, aquí tienes el dinero que dejaste en la casa. Es tuyo. Tengo muchos negocios, y ninguna parte de este dinero proviene del juego. Espero que lo aceptes y hagas aquello que tenías planeado.

Quiero que comprendas que, para mí, marcaste la diferencia, Jessie. Conocerte me ha hecho mejor persona, incluso si solo nos hemos conocido durante un breve periodo de tiempo. He cambiado para siempre gracias a haberte tenido en mi vida.

Ryan

Tras sus palabras llenas de sentimiento hay un cheque de cincuenta mil dólares firmado con una floritura por Ryan en persona.

Las lágrimas fluyen con libertad, cayéndome en los vaqueros y dejando manchas oscuras formadas por mi pena. En sus palabras hay cierto aire de finalidad, supongo que de aceptación ante la idea de que no volverá a verme nunca, pero…

Recuerdo una película que vi en una ocasión llamada «Dos vidas en un instante». En ella aparecía una mujer que vivía dos vidas paralelas, y toda la película exploraba qué le pasaría a una persona si no hubiese perdido un tren. Todas y cada una de nuestras decisiones influyen en lo que pasa a continuación en nuestras vidas. Agáchate para atarte los cordones y acabas perdiendo el autobús, y a saber qué podría cambiar en tu vida únicamente por eso. Esa es la sensación que me transmite Ryan. Si no me hubiese marchado cuando me marché, ¿dónde estaríamos ahora?

Quizás me hubiese sentido capaz de decirle lo del embarazo. Quizás Ryan se hubiese alegrado.

Pero jamás lo sabré.

Tengo cincuenta mil dólares en mis manos. Cincuenta mil dólares que Ryan quiere que tenga. Cincuenta mil dólares que significan que puedo tener a este niño sin preocuparme por mi situación económica. Puedo tenerlo empezando con buen pie.

Ryan nunca lo sabrá, pero acaba de hacer algo fantástico.

Me ha devuelto mi vida y mucho más.

Me echo a llorar; ansío tanto ir a verle. Podría deslizarme entre sus brazos y esconder el rostro en su pecho, absorber su fuerza. Podría abrazarlo con todas mis fuerzas y decirle que lo amo y que lo siento. Siento haberle hecho daño, sí, pero no se trata solo de eso. Siento no haber podido ser la persona que necesitaba.. Esto no es Hollywood y un hombre como Ryan no puede entrar en una relación con una antigua stripper sin importar lo mucho que pueda desearlo. Una mala publicidad como esa podría arruinarle el negocio; no puedo ser tan egoísta.

Saco una pequeña tarjeta de entre mis papeles; es una postal blanca y negra que encontré en una tienda de segunda mano y en ella aparecen un hombre y una mujer sentados en la playa. Estoy segura de que debe de ser de los años cincuenta por la ropa que llevan puesta, aunque la compré únicamente porque la fotografía se hizo junto al mar. Espero que, cuando Ryan la reciba, recuerde aquel primer día en que dimos un paseo juntos en coche y nos sentamos frente al mar. Aquel día me cogió de la mano; espero que eso también lo recuerde.

No quiero escribir mucho. Jamás podría expresar lo siento por él con tan pocas palabras o con la elocuencia que ha usado él en su carta.

Así que escribo:

Ryan,

El actor que comparte tu nombre en una ocasión dijo que «la libertad es un regalo».

Gracias por otorgarme la mía.

Me reconocerás en tu siguiente vida; seré la mujer que esté de pie en la playa con los pies en el agua y el pelo agitándose por la brisa. Seré la que se gire porque sentiré tu presencia y sabré que eres tú.

Jessie

No pierdo ni un segundo; cojo el cheque y la postal y los guardo en el bolso, tras lo cual me dirijo al centro de la ciudad para poder ingresarlo en mi cuenta. Dirijo la postal a la dirección de remitente que aparece en el dorso de la carta de Ryan y, por el camino, compro vitaminas y algo de buena comida: filete, verdura fresca, salmón.

PROPUESTA INDECENTE

Llamo al *Candy Club* y les digo que no voy a volver.

Y después llamo a mi hermana y se lo cuento todo.

24

RYAN

Cuando el doctor Humberside me llamó para decirme que el temblor que había empezado a notar en las manos era lo mismo que había matado a mi madre, lo supe.

Me negaba a sufrir del modo en que ella había sufrido. No perdería ni mi independencia ni mi dignidad. No me convertiría en una sombra del hombre que era.

Aquel día decidí que me concedería algunos meses para poner mis asuntos en orden. Escribí una lista de cosas que siempre había querido hacer pero que había estado posponiendo, y las iría haciendo. Haría frente a mis miedos y los dominaría. Le haría un corte de mangas a la muerte; por mí, se podía ir al infierno.

Que se fuera al infierno por llevarse a mi madre y a mi esposa.

Que se fuera al infierno por traer miseria y tristeza al mundo cuando no nos hacía ninguna falta.

La vida no siempre te permite elegir cómo morirás, pero yo elegiría.

Sospechaba que el doctor Humberside estaba al tanto de ello. Debía de haber esperado que hiciese lo mismo que hice con Corina, que reuniese todos los recursos disponibles e intentase vencer a aquella cosa, pero cuando no dije nada y dejé de responder a sus llamadas, quizás creyó que estaba intentando ignorar la realidad. Accedió a darme un mes porque no le quedaba otra elección.

Esclerosis múltiple.

Supe, desde el segundo en el que me empezó a temblar la mano, que aquello se avecinaba.

Pero se acabó.

He hecho todas las cosas que me había propuesto hacer. La empresa tiene a un nuevo líder esperando entre bambalinas, he atado todos los cabos sueltos y he hecho las paces con mi vida de todas las maneras en las que me es posible. Todos mis asuntos están en orden.

He escrito las dos cartas que más me han costado escribir en toda la vida. Una a Jessie porque no podía dejarla atrás sin intentar al menos mejorar su vida; es lo mínimo que se merece por mi parte. La otra se quedará conmigo para que la gente lo entienda.

No quiero decir que la gente que recibe este diagnóstico no pueda tener calidad de vida; no estoy intentando hacer ninguna declaración sobre las enfermedades crónicas o la discapacidad. Esto trata únicamente de mí y de cómo quiero que sea mi vida. Trata de que he elegido marcharme antes de tener que sufrir.

Sé que a la gente no le gustará. Casi puedo ver los titulares de las secciones empresariales.

Quizás digan que estaba deprimido por perder a Corina, o que era arrogante, o que soy débil.

Espero que, cuando lean la carta, lo entiendan.

Nadie quiere morir solo. Todos imaginamos que lo haremos rodeados de nuestra familia y amigos y que nos iremos poco a poco, tal y como nos dice Hollywood. Pero la realidad de la muerte es privada y, cuando llega, en realidad nadie lo comprende. Todo el mundo está al otro lado del telón, mirando.

Anoche creí que no podría dormir, pero sí lo he hecho. Estoy en paz.

Me siento en mi escritorio y abro el cajón, sacando las pastillas que he ido acumulando y dejándolas sobre este. Tengo una jarra de agua fresca delante y me sirvo un buen vaso, tras lo cual me guardo la carta en el bolsillo superior de la chaqueta y empiezo a tomarme las pastillas poco a poco.

Soy metódico. Soy un ritmo. Soy la vida.

Y, cuando haya acabado, me tumbaré en la cama y esperaré a que la muerte me lleve.

25

JESSIE

Hay un hombre de pie frente a mi edificio.

Me lleva un momento darme cuenta de que se trata de Darryl.

Darryl.

Por un segundo me siento confundida. ¿Acaso ha venido Ryan? Miro a mi alrededor, pero no hay ninguna limusina esperando ni ningún coche con el motor encendido. Vuelvo a mirar a Darryl; tiene los ojos enrojecidos y los hombros caídos. Este hombre tan enorme parece roto por dentro.

Me detengo en mitad de la acera. Mis piernas no quieren moverse, y creo que este es el momento en el que lo sé. La carta de Ryan, el «te veré en la siguiente vida», la lista de cosas que hacer… Era una lista de cosas que hacer antes de morir. Oh, Dios mío. ¿Es que ha pasado algo?

—Jessie —dice Darryl.

Alzo la mano para detenerlo. No quiero oírlo.

—Tienes que venir conmigo. —Su voz suena grave y ronca.

—¿Por qué? —pregunto, aunque la posible respuesta me aterra.

—Ryan está en el hospital.

Y así, sin más, mi mundo se hace pedazos.

26

RYAN

Sé que algo no va bien. Se supone que no debería estar viendo destellos de luz. No debería oír el murmullo de unas voces. No debería notar manos sobre mi piel ni una brisa fría en la cara.

Me dan ganas de gritar, pero no puedo. Estoy entumecido, tanto en cuerpo como en mente.

Me deslizo hacia la oscuridad. Aquí todo está en calma; es como estar suspendido en el cielo nocturno durante una noche cálida. Permanezco aquí, a sabiendas de que mi mente sigue activa pero sin lograr pensar con claridad. Mi madre está aquí. Se sienta a mi lado con el rostro sumido en las sombras y su presencia tranquila es como un bálsamo para mi alma. Corina también está aquí. Me dice que a ella no le quedaba elección. Me lo repite una y otra vez. Y después añade que yo sí la tengo.

Se marchan y me quedo solo.

Están moviendo mi cuerpo, y este se sacude y gorgotea.

Me duele la garganta. Una luz brillante me da en los ojos. Tengo algo en la cara.

Oscuridad una vez más.

Quizás esto sea la muerte.

212

27

JESSIE

Ryan está vivo.

A duras penas.

Si Darryl no lo hubiese encontrado, habría muerto.

Lloro al imaginarlo muriendo sin nadie que le haga compañía, sin ninguna mano que sostenga la suya, sin nadie de quien despedirse.

Fue mi postal. Las palabras que escribí emocionaron a Darryl lo suficiente como para que fuese a interrumpir a su jefe para enseñársela.

Darryl me dice que sabía que Ryan y yo nos habíamos enamorado el uno del otro y que había creído que quizás pudiese convencer a Ryan para que fuese a buscarme en esta vida y no en la siguiente. Iba a decirle que todos necesitamos sacar el máximo provecho de nuestra vida y que, a veces, tienes que lanzarte sobre las oportunidades que se te presentan. A veces, hay que retar al destino y ver qué ocurre.

Ha sido el romanticismo de Darryl lo que ha salvado a Ryan.

Ryan.

Está conectado por unos tubos a una variedad de máquinas de alta gama. Una mascarilla le cubre gran parte de su atractivo rostro y sus ojos, tan intensos, están cerrados. Lo están manteniendo con vida. A duras penas.

Me han dicho que el corazón se le ha parado dos veces. Ha dejado de latir en dos ocasiones y han tenido que resucitarlo. Me han dicho que tengo que despedirme de él, ¿pero cómo puedo hacer algo así? ¿Cómo puedo rendirme cuando tienes tantas cosas por las que vivir?

Nuestro hijo descansa en mi vientre como un pequeño atisbo de esperanza, una vida que hemos creados juntos y de cuya existencia Ryan no es consciente.

Su legado.

Una enorme bola de amor me rodea el corazón. Pienso en este hombre tan fuerte, un hombre que siempre lo tiene todo bajo control, un hombre casi impenetrable. Ahora que he descubierto lo que estaba planeando, puedo ver la verdad. Ryan no es más enorme que la vida misma; no es más que un hombre. Un hombre noble, fuerte e inteligente. Un hombre que ha tenido que afrontar un diagnóstico terrible y que ha decidido que seguir viviendo no era una opción.

Pero tiene que vivir.

Si de algo estoy segura, es de eso.

Le digo que tiene que vivir. Coloco la boca junto a su oído y le digo que luche, que vuelva a mí. Le digo que lo siento y que va a ser padre. Le cojo la mano en la que tiene puesta la vía intravenosa que conecta con las bolsas de líquido que han colgado junto a la cama y la aprieto contra mi vientre. Le digo que ha creado una vida y que tiene que volver para poder ver cómo llega su hijo al mundo. Tiene que luchar para poder aprovechar al máximo los días que pueda pasar con nuestro hijo.

Le digo que hay esperanza, incluso parece que la vida ya no alberga la más mínima.

Le digo que lo amo y que pasaré el resto de mi vida a su lado; solo tiene que volver a mí.

Pasan los días. Los médicos vienen y van, mirando sus resultados, mirándolo a él y frunciendo el ceño.

Es precisamente tanto ceño fruncido lo que más detesto. Sé que, con cada día que pasa, menos probabilidades tiene Ryan de salir del coma en el que ha caído.

Salir del hospital se me hace horrible; no dejo de temer que muera cuando yo no esté. Tras las primeras dos noches, me sincero con Darryl y este habla con la asistente personal de Ryan, logrando que lo lleven a una habitación privada con suficiente espacio para que me quede con él. Geraldine aparece con una bolsa llena de todas las cosas que me harán falta durante mi estancia en el hospital y yo, por mi parte, hago una visita a la farmacia para comprar más vitaminas.

Me quedo con Ryan durante dos semanas, tres días y veinte horas y, en mitad de la noche, justo cuando estoy a punto de caer dormida, oigo algo. Es un gorgoteo, y cuando miro al otro lado de la habitación veo cómo se mueve su mano, abriendo y cerrando los dedos.

Me levanto de un salto para acudir a su lado, viendo cómo le tiemblan los párpados. ¿Está despertando? Aprieto el botón de la enfermera y después cojo a Ryan de la mano, apretándosela ligeramente. Me inclino hacia su oído y le suplico que despierte. Le digo que estoy justo aquí, a su lado, y le beso la mejilla una y otra vez. Me noto los labios húmedos y, al alzar los ojos, veo que a Ryan le resbala una lágrima por el rostro.

—Cariño. —Le acaricio la cara, secando la lágrima y, al pasarme la lengua por los labios, noto el sabor de su pena. Los párpados vuelven a temblarle y esta vez abre los ojos durante unos segundos, posándolos en mí. Parecen vidriosos y no tengo ni idea de si me ve o si me mira por puro reflejo.

—Estoy aquí, Ryan. Estoy aquí —le digo—. Es hora de despertarse.

La enfermera entra a toda prisa y comprueba sus constantes vitales, tras lo cual se queda a mi lado y mira cómo Ryan lucha por recuperar la conciencia. Justo cuando creo que por fin está volviendo a mí, las máquinas empiezan a chillar y su corazón se para.

28

RYAN

Érase una vez un niño que no tenía nada excepto el amor de su madre y que estaba decidido a triunfar en la vida.

Érase una vez un niño que ascendió hasta lo más alto de la montaña y descubrió que era un lugar solitario.

Érase una vez un niño que encontró a una niña cuando ya era demasiado tarde.

Érase una vez un niño que deseaba tener una segunda oportunidad.

29

JESSIE

El día es frío y húmedo y, aunque mis botas son cerradas, noto la frialdad que desprende el suelo cuando cruzo la verja de metal que rodea el cementerio. Llevo un pequeño ramo de flores en las manos enguantadas. Sé que a Ryan le parecería ridículo que las trajera; ¿a qué hombre le importan las flores?

Su tumba está en el centro del cementerio, así que tardo varios minutos en llegar y, por el camino, mi corazón no deja de acelerarse. No creo que el tiempo logre que me resulte más fácil, sin importar cuánto tiempo pase.

Cuando te arrebatan a alguien sin darte la posibilidad de despedirte, siempre parecen quedar temas pendientes. Ojalá lo último que le hubiese dicho hubiese sido algo profundo, algo que le hubiese hecho saber lo que de verdad sentía por él.

Reina un silencio sobrenatural; no canta ningún pájaro y no hay ningún coche circulando por la carretera serpenteante que lleva hasta aquí. Es como si el mundo entero se hubiese detenido y yo fuese el único ser vivo que sigue en movimiento.

Se me hace un nudo en la garganta al llegar a la tumba. Ver su nombre grabado en una lápida de mármol negro y frío sigue sin parecerme real.

Es tan definitivo.

Hay más flores en la tumba; no soy la única que recuerda que hoy es el aniversario de su muerte. Dejo mi ramo de flores en el suelo y me quedo a un lado con aire incómodo. Todo lo que quería decir me sabe a cenizas en la boca.

Cuando alguien a quien amas muere, una parte de ti se siente culpable. ¿Por qué sigo viva cuando él ya no está? No existe ninguna lógica o razón en el patrón que sigue la vida. Nacemos y vivimos con una única certeza, y esa es la muerte. Me pregunto cómo cambiaría el modo en que vivimos nuestras vidas si supiéramos el momento y la fecha exacta en la que moriremos. ¿Seríamos mejores personas, o peores? ¿Seríamos más egoístas, o menos?

No tengo respuestas, pero sé que es inútil intentar encontrarle sentido. No se consigue nada dándole vueltas a los por qués y a lo que podría haber sido y no fue. Cada día que vivimos es un valioso regalo que debemos gastar persiguiendo el verdadero sentido de la vida.

El amor.

Malgastamos tanto tiempo. No decimos aquello que queremos decir, nos aferramos con demasiado fuerza a lo que alberga nuestro corazón y nos centramos en las cosas mundanas y poco importantes.

Las características del mundo moderno nos ciegan. Nos mantienen tan entretenidos que ya ni siquiera participamos activamente en nuestras vidas, y no somos conscientes de aquello en lo que deberíamos concentrarnos en realidad hasta que ya es demasiado tarde.

Tenía veintisiete años.

Jackson Ford, mi amor de instituto. Fuimos felices durante un tiempo. A pesar de todos los problemas con los que me dejó, en el fondo era una buena persona.

Le digo que todavía pienso en él. Le cuento que su restaurante preferido de la ciudad ha cerrado, y que ayer fui a comerme una hamburguesa y beberme una cerveza en su honor. Le digo que no le culpo, ya no.

De regreso al coche, el bebé se agita en mi barriga. Pongo la mano sobre lo que creo que es un pie diminuto.

Ryan me está esperando. Todavía no se ha recuperado lo suficiente como para conducir, pero la limusina es muy cómoda y me gusta que me dé arrumacos en la parte de atrás.

—¿Estás bien? —me pregunta. Sé que quería acompañarme a la tumba, pero no me ha parecido correcto. Esta parte de mi vida llegó a su fin antes de que nos conociéramos. No dejaré de venir para presentarle mis respetos a Jackson, pero ahora mismo mi prioridad es Ryan. Ryan y nuestra hija.

—Estoy bien —contesto mientras le acarició el rostro—. Ha sido raro, pero estoy bien.

—Me alegro. —Sus ojos son suaves. Noto que le preocupa que pueda estar triste, y su preocupación me da ganas de llorar.

Nos lleva casi una hora volver a casa. Por fin empiezo a pensar en la mansión de Ryan como nuestra casa, aunque me ha costado lo suyo. Esta vez no tengo suite propia; duermo en la de Ryan.

Todavía es pleno día, pero los dos decidimos subir a

nuestra habitación. Ryan todavía se cansa con facilidad; los músculos se le debilitaron durante la recuperación, y su enfermedad también ha avanzado un poco. Mi embarazo no ha sufrido ningún contratiempo, pero empiezo a sentir el peso de llevar dentro a nuestra hija.

Ryan me coge de la mano y me lleva hacia la cama.

—Venga, mamá —dice, dándome una palmadita en la curva de la barriga—. Es hora de echarse la siesta.

—Muy gracioso, papá —me río.

Sonríe de oreja a oreja.

—Dilo otra vez.

—¿Vas a llevarme a la cama, papi? —bromeo, clavándole el dedo en el pecho y echándome a un lado para que no pueda atraparme, pero soy demasiado lenta y Ryan me sujeta con delicadeza por la muñeca.

—Sí, cariño. Voy a llevarte a la cama.

Sus labios se encuentran con los míos en un suave saludo, un recordatorio de que las cosas entre nosotros son dulces, buenas e irradian amor. Ryan me saborea como si fuese deliciosa, y yo me embriago de sus besos como si estuviese sedienta. Ryan emite un sonido grave y gutural; está ansioso, y eso me excita muchísimo.

Sus manos me acarician las mejillas y me masajean las sienes antes de deslizar los dedos por mi pelo, logrando que todas las terminaciones nerviosas de mi nuca cobren vida. Sé lo que pueden hacerme esos dedos. Sé el placer que pueden otorgar.

Estoy impaciente. Nerviosa. Excitada. Quiero sentir el calor de su piel contra la mía. Quiero respirar ese aroma suyo que me nubla los pensamientos como si fuese la mejor droga del mundo.

Pero Ryan se toma su tiempo de un modo que resulta

tan odioso como magnífico.

No pasa por alto ninguna parte de mi ser: sus labios me mordisquean ligeramente el lóbulo de la oreja, su lengua traza un camino por mi cuello, sus besos se desperdigan por mis clavículas y sus dedos dan con los botones de mi blusa.

No llevo lencería sexy. Esos días han quedado atrás, al menos por ahora, pero no parece que eso le importe en lo más mínimo. Expone mis pechos hinchados con impaciencia y, cuando los toma por primera vez entre sus manos, sus caricias son firmes, casi frenéticas. Mi ropa cae al suelo con tanta rapidez que me siento mareada y, cuando por fin estoy frente a él cubierta únicamente por las bragas de algodón y el sujetador de premamá, Ryan se deja caer de rodillas.

—Jessie —dice con suavidad—. Mi mujer. —Su mano tiembla contra mi barriga, y coloco la mía encima mientras él besa la piel tensa de mi vientre.

Sus dedos encuentran la suave tela de mi ropa interior y tiran de ella hasta que logra deslizarla por mis muslos. Noto su respiración en la piel y después unos besos delicados que van acercándose más y más al lugar en el que quiero sentir su boca.

—Siéntate —me ordena, sosteniéndome la mano mientras me siento en el borde de la cama.

Su lengua encuentra mi clítoris con facilidad, como si hubiese memorizado mi cuerpo con la misma exactitud con la que conoce el suyo propio. La primera caricia siempre es la mejor, tan tentativa. Quiero que vaya poco a poco. Quiero que se contenga y que siga deslizando la punta de la lengua sobre mi clítoris tan ligeramente que haga que se me tensen los dedos de los pies y mi sexo se humedezca. Ryan me lame tal y como sabe que me gusta: poco a poco, con una uniformidad que va mezclando con movimientos que me sorprenden lo suficiente como para hacer que arquee la espalda. Oh, Dios, lo necesitaba. Ansío llegar al clímax, ansío rendirme a manos de este hombre que ha logrado llevarme de una vida arrodillada a la cima de la felicidad.

—Cariño —murmura contra mi sexo—. Hueles tan bien. Te sientes tan bien contra mi lengua. —Lame desde mi clítoris hacia abajo, hacia donde estoy húmeda, antes de volver a subir. Y, justo cuando estoy a punto de llegar al orgasmo, se aparta.

Gimo con frustración, pero guardo silencio cuando le veo quitarse la camisa y dejar caer sus pantalones al suelo. En cuanto se queda en bóxers, Ryan se sitúa entre mis muslos.

—Échate hacia atrás, dulzura. Túmbate de lado. —Hago lo que me dice, a sabiendas de lo placentero que será cuando me penetre con ese gran miembro desde detrás. La anticipación es casi demasiado; mi sexo se contrae, esperando ser invadido y anhelando esa sensación.

El pecho fuerte de Ryan se aprieta contra mi espalda y sus labios se posan sobre mi cuello, succionando con suavidad. Noto el peso de su miembro rozándome las nalgas; palpita como si estuviera impaciente. Ryan se guía con la mano hasta mi entrada y contengo el aliento.

Este momento tiene algo especial. Es la anticipación, la expectativa.

El recuerdo de esta sensación.

La intimidad de la primera embestida.

Aceptar a alguien a tu interior es un paso muy importante.

Parece tan inconmensurable como la primera vez que se abrió paso en mi interior, puede que incluso más, porque ahora lo amo y eso hace que la conexión sea más importante que el placer.

—Te amo —susurra Ryan cuando está todo lo dentro de mí como es posible. E, incluso entonces, se pega más a mí como si quisiera profundizar todavía más. De ser posible, se lo permitiría; cuando está dentro de mí tengo la sensación de que somos un único ser, una única entidad que puede moverse y respirar como si fuese una única persona. Cuando Ryan está dentro de mí, no tengo miedo a nada. Soy libre de dejarme ir entre sus brazos, libre de cerrar los ojos al mundo y de descansar y relajarme protegida por nuestro vínculo. Soy libre de ser vulnerable porque sé que Ryan protegerá mi corazón.

—Yo también te amo, Ryan —contesto. Su nombre es como azúcar en la lengua, el principio y el final de todo lo bueno que hay en mi vida.

Sus dedos encuentran mi clítoris y lo acarician con suavidad. Nos movemos juntos, y cada embestida y roce de su miembro estimula ese lugar en mi interior del que brota todo mi placer. Tenemos la piel cubierta de sudor allí donde nos tocamos, y siento humedad en los muslos de Ryan en el lugar en el que nuestros cuerpos se unen, prueba de mi excitación. Me acaricio el pezón, pellizcándolo para activar la conexión que tiene con mi sexo y que puede logra que me corra de golpe. Oh, Dios. Me muero de ganas de correrme. Quiero sentir ese olvido, esa rendición.

Quiero gritar el nombre de Ryan mientras me estremezco a su alrededor. Quiero que sienta lo que me hace y que sepa que él es mi mundo entero.

Me penetra más profundamente y sus movimientos se vuelven más frenéticos al mismo tiempo que me pellizca el clítoris, y en ese momento me corro y me corro y me corro.

—Oh —exclamo—. No pares…

Ryan sigue moviéndose, pero ahora más lentamente, disfrutando de las pulsaciones de mi orgasmo y del modo en que mi sexo se aferra a él como si no quisiera soltarlo nunca.

—Eso es, cariño —susurra—. Déjate ir.

Recuerdo una ocasión en que me dijo lo mismo, cuando estábamos en Las Vegas. En aquel entonces, dejarme ir y permitirme enamorarme era lo que más me aterraba de todo el universo.

No siento miedo cuando Ryan se corre dentro de mí. Este hombre que me lo ha dado casi todo excepto la luna y las estrellas me ha entregado lo que más necesitaba.

Amor.

EPÍLOGO

JESSIE

¿Crees en el destino?

Yo no lo hacía, no hasta que Ryan entró en ese club de striptease y decidió, a saber por qué razón, que iba a formar parte de su plan para quitarse la vida.

Ahora creo que algo allí arriba tenía un plan para nosotros. Creo que aquel día alguna fuerza guio nuestros pasos, una fuerza que me puso en el camino de otra persona que comprendía el dolor que había vivido y el miedo que todavía dominaba mi corazón. Sé que, para Ryan, yo fui esa persona. Fui su bálsamo, su salvación.

No quiero pensar en lo que habría pasado si Ryan hubiese solicitado a otra bailarina aquella noche. Quizás se habría marchado, tal y como hizo conmigo, pero nunca habría considerado la posibilidad de pasar los siguientes treinta días intentando superar sus miedos mientras planeaba hacer lo indecible.

¿Y qué me habría pasado a mí? Me habría llevado tanto tiempo pagar las deudas con las que me dejó Jackson que, para cuando hubiese acabado de hacerlo, habría dejado de ser la persona que era. Ese trabajo estaba destrozando mi alma con cada día que pasaba.

No me gusta la idea de que necesitaba que me rescatasen, pero sí, lo necesitaba. Quizás sea porque el dinero fue un factor importante en la razón por la que Ryan cambió mi vida al principio, mientras que para él lo importante era el vínculo emocional que creamos. ¿Que si creo que habría cambiado de idea respecto a lo de suicidarse si hubiese sabido que estaba embarazada? No estoy segura. Ahora conozco a Ryan y sé cómo es cuando toma una decisión; nunca se desvía del camino que ha decidido seguir, no sin una razón de peso.

Al final, su salvadora fue Abbey. Abbey. No era prácticamente nada, simplemente un puñado de células y una idea de lo que podía llegar a ser, pero fue suficiente para sacar a Ryan de la locura en la que había caído. Fue suficiente para que viese que todavía le quedaban cosas por las que vivir, incluso si su salud empezaba a darle problemas.

Noto movimiento en la barriga mientras voy del garaje a la casa, y coloco la mano allí donde Abbey está dando patadas. Es como si supiera que estoy pensando en ella. Hoy tengo los tobillos muy hinchados, y las caderas también me duelen; ¡más le vale a Ryan tener planeado darme un masaje de pies antes de cenar! Nolan está sacando las bolsas del coche. No he cometido ninguna locura; son solo algunas cosas para cuando llegue la pequeña, aunque la tarjeta que me dio Ryan y que llevo en el bolso me sigue inquietando. Todavía no he conseguido acostumbrarme al hecho de que puedo comprar todo lo que necesite cuando lo necesite. Ahora que tengo libertad para hacerlo, he descubierto que en realidad ni siquiera quiero la mitad de las cosas que creía que me hacían falta.

Quizás sea porque ya he encontrado lo que más falta me hacía: la otra mitad de mi corazón.

Ryan está sentado fuera con la vista perdida en la distancia, y se me encoge el corazón. No me gusta verlo perdido en sus pensamientos porque sé a dónde le han llevado dichos pensamientos en el pasado. Me aseguro de que mis pasos hagan suficiente ruido como para que me oiga acercarme y, en cuanto nota mi presencia, se gira hacia mí y sonríe. Y así, sin más, todas mis preocupaciones se esfuman.

—Ahí estáis —dice, como si Abbey ya fuese un ser independiente de mí. Lo será dentro de muy poco, pero por ahora todavía disfruto de que seamos una.

—Hola, cariño —lo saludo, y me inclino para besarlo con suavidad en los labios. Cuando me enderezo, Ryan aprovecha para rodearme la cintura con los brazos y me da un beso en la barriga. Abbey le da una patada en la cara a su padre y me echo a reír—. Va a ser guerrera —le digo.

—Eso espero —contesta Ryan con otra enorme sonrisa. Me acaricia la barriga y noto cómo le tiembla la mano. Está empeorando y, cada vez que lo noto, el corazón se me rompe un poco más, aunque intento no pensar demasiado en el futuro. Ninguno de nosotros sabe lo que nos espera, y no existe un patrón fijo en la progresión de la esclerosis múltiple; cada caso es único. Tomo asiento junto a mi pareja y este me sirve un vaso de té helado, tras lo cual me dice que le ponga los pies en el regazo y me da ese masaje que tanto he estado anhelando. Dios, tiene unos dedos mágicos. Incluso Abbey parece notarlo, porque se agita todavía más.

—Se está volviendo loca —le digo a Ryan, tensando la tela de la blusa sobre mi vientre para que pueda ver los movimientos con más claridad. Toda mi barriga se mueve.

—Tiene envidia —dice él, completamente serio—. ¡Ella

también quiere un masaje de pies!

—Ni hablar —contesto—. Son demasiado buenos como para compartirlos. Tendrá que esperar a encontrar a su propio hombre.

Ryan frunce el ceño.

—No hay hombre lo bastante bueno para mi hija —gruñe.

Pongo los ojos en blanco de lo divertido que es pero, antes de tener la oportunidad de contestarle, noto una extraña presión entre las piernas.

—Oh —jadeo, bajando la vista hacia la mancha oscura que empieza a extenderse por la entrepierna de mis vaqueros premamá.

—Joder. —Ryan se encoge, echándose atrás en su asiento con aspecto de estar aterrado.

—Parece que ese masaje ha tenido más efecto del que esperábamos —digo, y después me echo a reír con tanta fuerza que me tiembla la barriga.

—Ya. —Ryan parece haberse recuperado y se ha puesto serio de repente—. *¡Darryl!* —grita.

—Tranquilo, no tienes por qué darle un ataque al corazón. Todavía tardará bastante en salir.

—Todo está preparado —dice Ryan como si no hubiese oído ni una palabra de lo que le he dicho—. Las maletas están en el coche. Tenemos una habitación privada reservada.

Vuelvo a poner los ojos en blanco.

—¿Me has reservado una habitación? ¿Desde cuándo?

—Desde hará un mes o así.

—*¿Qué?*

—No estoy dispuesto a arriesgarme, Jessie, y no quiero oír ni una palabra más al respecto, ¿vale? Si no puedo usar mi dinero para darte los mejores cuidados posibles, ¿entonces para qué cojones lo quiero?

Me inclino hacia delante y le pongo la mano en el brazo. A pesar de lo mucho que detesto malgastar así el dinero, sé que esta es su manera de controlar un poco una situación que va a acabar estando casi totalmente fuera de su control. Precisamente por esa razón quiso que tuviese una cesárea, pero me negué. Si puedo traer a mi hija al mundo tal y como la naturaleza lo planeó, así será como la tenga.

El viaje al hospital resulta algo más tenso de lo que me habría gustado, pero es todo debido a Ryan. Su preocupación es absolutamente evidente, pero solo puedo procurar que siga en contacto conmigo y con el bebé. Su rostro se suaviza cuando Abbey le da una patadita, y se relaja todavía más cuando lo beso.

Las manos parecen estar temblándole más, y me pregunto cuánto empeorará los síntomas el estrés. Si de verdad le afecta, tendré que asegurarme de que nuestras vidas sean tan relajadas como sea posible durante todo el tiempo que pueda.

A nuestra hija le lleva dieciocho horas llegar al mundo y, durante todo ese tiempo, Ryan permanece a mi lado. Es mi roca durante una de las experiencias más difíciles de mi vida, pero en cuanto Abbey nace parece que todo el dolor desaparece.

Su primer llanto es tan fuerte que el personal del hospital se echa a reír. Tiene la cara enrojecida y enfadada, los puños apretados y agita las piernas de un lado al otro cuando la sacan de entre mis piernas para comprobar su estado. No parece tranquilizarse hasta que la visten y la envuelven en una manta, y ahora es a mí a quien le tiemblan las manos. De hecho, todo el cuerpo me tiembla tanto que no sé si seré capaz de sostenerla en brazos.

—Cógela tú, papá —le digo a Ryan. Él tampoco parece seguro; para ser un hombre con tanta confianza en sí mismo, estos momentos tan humanos llenos de emociones parecen debilitarle. Abbey parece tan pequeña entre sus brazos. Esta lo mira fijamente mientras Ryan le susurra palabras de amor, y sé que la pequeña va a adueñarse por completo de su corazón. Ryan se acerca para que pueda tocar el suave cabello de mi hija, pero todavía tiemblo demasiado, así que Ryan me coge la mano temblorosa y se la lleva a los labios.

—Gracias —susurra—. Gracias.

Las lágrimas me corren por las mejillas. Menudo hombre… Ni siquiera sabe lo que ha hecho por mí. Ha sanado mi corazón roto, he recuperado la esperanza y mi futuro ya no parece un vacío oscuro frente a mí.

A lo largo de los meses que llevamos juntos hemos hecho frente a la pérdida de nuestras vidas anteriores y le hemos dado la bienvenida a las posibilidades que alberga nuestro futuro. Le hemos plantado cara a la difícil realidad de que Ryan está enfermo. Nos hemos convertido en padres.

Aquella noche en el *Kitty Cat Club*, los planetas se alinearon con el objetivo de juntarnos.

Y, un año más tarde, nos vuelven a unir, esta vez de por vida.

Pronunciamos nuestros votos con arena entre los dedos de los pies y el océano lamiéndonos los tobillos, y una vez hemos acabado bailo mientras noto el sol poniente en la piel, alzando las manos hacia la estrellas con mi pareo flotando a mi espalda y el hombre que ha venido a verme bailar sosteniendo a nuestra hija junto a mí.

SOBRE LA AUTORA

Stephanie Brother escribe historias fantásticas con chicos malos y hermanastros como tema romántico principal. Siempre ha sentido curiosidad por lo prohibido, y así es como explora relaciones tan complejas como esas que amenazan con romper a las parejas que crea. Escribe para intentar lograr el trabajo de sus sueños, y la señorita Brother espera que sus lectores disfruten de estas experiencias románticas y llenas de emociones tanto como disfruta ella escribiéndolas.